おそ松さん

～番外編～

赤塚不二夫（『おそ松くん』）・原作
小倉帆真・著
おそ松さん製作委員会・監修

集英社みらい文庫

登場松紹介《とうじょうまつしょうかい》

2 KARAMATSU
カラ松《まつ》

自分《じぶん》が大好《だいす》き! だいぶイタい次男《じなん》。かっこつけてるけど、ぜんぜんモテない。

次男《じなん》

6 TODOMATSU
トド松《まつ》

甘《あま》え上手《じょうず》で世渡《よわた》り上手《じょうず》! 女子力高《じょしりょくたか》めな末《すえ》っ子《こ》。ドライモンスター。

末《すえ》っ子《こ》

5 JYUSHIMATSU
十四松《じゅうしまつ》

五男《ごなん》

異常《いじょう》に明《あか》るいバカ! ボケが大味《おおあじ》な五男《ごなん》。とにかく野球《やきゅう》。なんかよくわからない。

1 OSOMATSU
おそ松《まつ》

長男《ちょうなん》

楽《たの》しけりゃいい! 精神《せいしん》が子《こ》どものままな長男《ちょうなん》。計画性《けいかくせい》はないけど、一応《いちおう》6つ子《ご》のリーダー。

3 CHOROMATSU
チョロ松《まつ》

唯一《ゆいいつ》のツッコミ役《やく》! アイドルオタクな三男《さんなん》。女《おんな》の子《こ》にはメチャ弱《よわ》い。

三男《さんなん》

4 ICHIMATSU
一松《いちまつ》

自分《じぶん》はゴミだけどカラ松《まつ》よりはまし! マイペースな四男《よんなん》。ネコが友《とも》だち。

四男《よんなん》

にぼし

目《もく》次《じ》松《まつ》

兄《あに》紹《しょう》介《かい》 005

カラ松《まつ》 オブ ドリームス 011

おみくじ 043

なごみのおそ松《まつ》 その1 109

※この探偵物語《たんていものがたり》はフィクションです。登場《とうじょう》する人物《じんぶつ》・団体《だんたい》・名称等《めいしょうとう》は架空《かくう》であり、松《まつ》野《の》家《け》の６《む》つ子《ご》とは関係《かんけい》ありません。

なごみのおそ松《まつ》 その2 151

※この探偵物語《たんていものがたり》は（以下同文《いかどうぶん》）

兄《あに》紹《しょう》介《かい》

今日《きょう》もわが家《や》の二階《かい》には、同世代《どうせだい》で圧倒的最底辺《あっとうてきさいていへん》かつ暗黒大魔界《あんこくだいまかい》クソ闇地獄大凶《やみじごくだいきょう》な、兄《にい》さんたちが勢《せい》ぞろいだ。

「フッ……どうしたトッティ？　オレの顔《かお》になにかついてるか？　おっと、イケメンフェイスがくっついてるって答《こた》えはなしだぜ」

「ふふふ。いつもどおりイケてるよカラ松兄《まつにい》さん」

次男《じなん》のカラ松兄《まつにい》さんは、この世《よ》のありとあらゆるイタさを凝縮《ぎょうしゅく》したような、ダメ人間《にんげん》だ。

「そういえばトッティ、今日《きょう》は囲碁《いご》サロンにはいかないの？」

「うん。今日《きょう》はお休《やす》みすることにしたんだ、チョロ松兄《まつにい》さん」

三男《なん》のチョロ松兄《まつにい》さんは一見真面目《いっけんまじめ》そうに見《み》えるけど、アイドルオタクで、女《おんな》の子《こ》がからむとすぐにポンコツになる。

「…………」

「どうしたの一松兄《いちまつにい》さん？」

「……いや、別《べつ》に。なんかお前《まえ》、よからぬこと考《かんが》えてない？」

「考《かんが》えてるわけないいじゃない」

四男《なん》の一松兄《いちまつにい》さんは、闇《やみ》を抱《かか》えているように見《み》せかけたファッション中二病《ちゅうにびょう》で、ほんとうは闇《やみ》ゼロのノーマル四男《なん》。特《とく》にプレッシャーに弱《よわ》いんだよね。

「ねえねえねえ！　トッティ野球《やきゅう》しようよ！」

「また今度《こんど》ね十四松兄《じゅうしまつにい》さん」

五男《なん》の十四松兄《じゅうしまつにい》さんは野球《やきゅう》が大好《だいす》き。そして意外性《いがいせい》が売《う》り……というか、意外性《いがいせい》しかなくて、ツッコみ始《はじ》めるときりがない。

「つうかトッティ。その純粋《じゅんすい》な目《め》で見《み》るのやめろって。前々《まえまえ》から口《くち》を酸《す》っぱくして言《い》ってるけど、お前《まえ》はたま〜に、人《ひと》の心《こころ》をどこかに置《お》き忘《わす》れてきたようなことを、平気《へいき》でやらかすから、兄《にい》ちゃん心配《しんぱい》してるんだぞ」

「心配《しんぱい》してくれてありがとう。優《やさ》しいね、おそ松兄《まつにい》さん」

「いやそれほどでも……あるっていうか？　まあ長男《ちょうなん》だからな！」

長男《ちょうなん》のおそ松兄《まつにい》さんは、好奇心旺盛《こうきしんおうせい》でポジティブな……活動的《かつどうてき》バカだ。ガサツだし、プライバシーは侵害《しんがい》するし、気《き》まぐれで飽《あ》きっぽいダメ人間《にんげん》なんだよね。

そしてボクはといえば、兄弟《きょうだい》の末《すえ》っ子《こ》で、アイドルポジションの松野《まつの》トド松《まつ》。

ドライモンスターなんて言《い》われることもあるけれど、全部誤解《ぜんぶごかい》だよ。むしろ王子様《おうじさま》って感《かん》じかな。

今日《きょう》はこれから、おしゃれなオープンカフェにランチを食《た》べにいくんだ。

そのあとはホットヨガの教室《きょうしつ》も予約《よやく》してるんだよね。

「よいしょ……っと」

「なあトッティ。さっきから気《き》になってたんだけど、そのやたらとデカくて巻《ま》いてあるの……なに？」

「ヨガマットだよ」

「ヨガって……極《きわ》めると手足《てあし》がのびたり、火《ひ》を噴《ふ》けるようになったりするアレ？」

チョロ松兄《まつにい》さんが首《くび》をかしげた。

「それは格闘《かくとう》ゲームの話《はなし》でしょ」

「「「「っていうかトッティ、ヨガやんの!?」」」」

「最近始《さいきんはじ》めたんだ」

おそ松兄《まつにい》さんが声《こえ》を上《あ》げた。

「だからそういうのシレッと始《はじ》めるのやめろって！　やっぱりお前《まえ》はドライモンスターだ！」

「「「ドライモンスターだ!!」」」

みんな、なに興奮《こうふん》してんだろ？　ほんとまいっちゃうなぁ。

カラ松《まつ》オブドリームス

青《あお》い空《そら》の下《した》――

カラ松《まつ》はギターを抱《かか》えて家《いえ》の屋根《やね》の上《うえ》に座《すわ》っていた。

「フッ……音楽《おんがく》の女神《めがみ》は気《き》まぐれだ」

ギターを弾《ひ》くわけでもなければ歌《うた》うわけでもなく、はたから見《み》れば日《ひ》なたぼっこをしているようにしか見《み》えない。

太陽《たいよう》の光《ひかり》を全身《ぜんしん》に浴《あ》びる。まるで自分《じぶん》が太陽《たいよう》みたいに輝《かがや》いているような気持《きも》ちになる。

「オ〜サンシャイン！　これ以上《いじょう》オレを熱《あつ》くさせてどうするつもりだ？　オレのハートに火《ひ》を点《つ》けたが最後《さいご》、逆《ぎゃく》にお前《まえ》を燃《も》やしつくしちまうぜアーハン？」

太陽《たいよう》に向《む》けてサングラスを掲《かか》げた。

「オレが眩《まぶ》しいだろ？　使《つか》ってくれてもいいんだぜサンシャイン」

ビュウウウウウウウウウウウウ！

と、風《かぜ》が舞《ま》った。ほっぺたをなでる感触《かんしょく》が少《すこ》しくすぐったい。

「風《かぜ》のささやき声《ごえ》が聞《き》こえるぜ……ついに時《とき》が満《み》ちたか」

立《た》ち上《あ》がるとカラ松《まつ》はそっと目《め》を閉《と》じる。

「ああ、見《み》える……日本中《にほんじゅう》の……いや、世界中《せかいじゅう》のカラ松《まつ》ガールズたちがオレの歌《うた》を待《ま》っている姿《すがた》が。その声《こえ》が！」

キャアアアアアアアアアアアアアアア！

ワアアアアアアアアアアアアアアアア！

ライブ会場《かいじょう》を埋《う》めつくす女《おんな》の子《こ》たちが、ステージに立《た》つカラ松《まつ》へ黄色《きいろ》い声援《せいえん》を送《おく》る。

全身《ぜんしん》でそれを浴《あ》びる妄想《もうそう》をしながら、カラ松《まつ》はゆっくりと屋根《やね》という名《な》のステージの上《うえ》に立《た》ち上《あ》がった。

歌《うた》い出《だ》そうと静《しず》かに息《いき》を吸《す》いこみ、ギターの弦《げん》を指《ゆび》で押《お》さえた。

最初《さいしょ》のコードはF《エフ》だ。初心者《しょしんしゃ》がつまずくという超難度《ちょうなんど》のコードだが、もはや失敗《しっぱい》することはない。

指《ゆび》さばきは完璧《かんぺき》だ。

さあステージの幕《まく》が上《あ》がる！

だが、カラ松《まつ》の指《ゆび》は弦《げん》から離《はな》れていった。

吸《す》いこんだ息《いき》もゆっくりと吐《は》き出《だ》される。

降《お》りるしかない。この虚構《きょこう》と妄想《もうそう》のステージから。

すべては幻想《げんそう》。ここはライブ会場《かいじょう》のステージの上《うえ》ではないのだから。

ただの実家《じっか》の屋根《やね》の上《うえ》という現実《げんじつ》を、彼《かれ》は受《う》け入《い》れた。

「どうすればリアルで人《ひと》に夢《ゆめ》を与《あた》えられるんだ？」

苦悩《くのう》を抱《かか》えたカラ松《まつ》が二階《かい》の部屋《へや》に戻《もど》ると、おそ松《まつ》はじめ兄弟《きょうだい》たちが今日《きょう》も今日《きょう》とて、のんびりゴロゴロしていた。

自分《じぶん》と同《おな》じタイプの悩《なや》みを抱《かか》えた人間《にんげん》は、残念《ざんねん》ながら見当《みあ》たらなかった。

（――フッ……ブラザーたちに相談《そうだん》しても、かえって困《こま》らせるだけかもしれないな）

カラ松《まつ》の悩《なや》み――それは無《む》から有《ゆう》を生《う》み出《だ》すことだ。

兄弟《きょうだい》それぞれ悩《なや》みは違《ちが》う。ただ、この中《なか》で創作《そうさく》で悩《なや》むのはおそらく自分《じぶん》だけだ。

生《う》まれながらのアーティストたる、自分《じぶん》に科《か》せられた十字架《じゅうじか》なのだと、カラ松《まつ》は思《おも》う。

野球盤《やきゅうばん》で遊《あそ》んでいた十四松《じゅうしまつ》が、部屋《へや》に戻《もど》ってきたカラ松《まつ》に気《き》づいて顔《かお》を上《あ》げた。

「おかえりカラ松兄《まつにい》さん！　今日《きょう》も歌《うた》わなかったね？」

「風《かぜ》のささやきが足《た》りないのさ。だが、オレは必《かなら》ずやる男《おとこ》だ。いつか必《かなら》ずな」

十四松《じゅうしまつ》は不思議《ふしぎ》そうに首《くび》をかしげる。

ほかの兄弟《きょうだい》たちはといえば――

「まーた始《はじ》まったよ。ほんとイタいねぇ。イタすぎるんだよお前《まえ》は。いつかっていつだよ？　来年《らいねん》？　再来年《さらいねん》？　いつまでたっても始《はじ》めなきゃ始《はじ》まらないんだぜ？」だの、

「そうそう。やらない理由《りゆう》を考《かんが》える時間《じかん》があったら、なんでもやってみた方《ほう》がいいと思《おも》うよ」やら、

「そういうチョロ松兄《まつにい》さんこそ、やるやるって言《い》うばっかりでなにも生《う》み出《だ》せてないじゃない？」とか、

「……クソ松《まつ》死《し》ね。二回死《かいし》ね」と、口々《くちぐち》に好《す》き勝手《かって》なことを言《い》い出《だ》した。

カラ松《まつ》は手《て》にしたギターを**ジャラ～～ン♪**と軽《かる》くかき鳴《な》らす。

みんな口《くち》ではこう言《い》いながら、ほんとうは心配《しんぱい》してくれているに違《ちが》いない。

自分《じぶん》に言《い》い聞《き》かせるのは慣《な》れっこだ。

「待《ま》ってくれブラザーたち。今日《きょう》はその……真剣《しんけん》に悩《なや》みを相談《そうだん》したいんだ」

おそ松《まつ》は読《よ》んでいたマンガを閉《と》じた。あくびをしながらカラ松《まつ》に向《む》き直《なお》る。なんだかん

だ言《い》いながらも、相談《そうだん》には乗《の》ってくれる。それがおそ松《まつ》という男《おとこ》だ。

「まあ今日《きょう》もヒマだから別《べつ》に相談《そうだん》には乗《の》るけど、マジでイタすぎるのだけは勘弁《かんべん》だかんな。

それで悩《なや》みってなんだよ？」

「フッ……よくぞ聞《き》いてくれた」

「いや、よくぞもなにも今《いま》、自分《じぶん》から相談《そうだん》したよね？」

チョロ松《まつ》のツッコミをスルーしつつ、**ジャラララ〜〜ン♪**　と、ギターをかき鳴《な》らす。

「ライブ……」

カラ松《まつ》の口《くち》から発《はっ》せられた一言《ひとこと》に、兄弟《きょうだい》たちが目《め》を丸《まる》くした。

なに言《い》っててんだコイツ？　という空気《くうき》だが、カラ松《まつ》はドヤ顔《がお》を崩《くず》さない。

「会話《かいわ》になってないよカラ松兄《まつにい》さん。単語《たんご》だけ言《い》われてもぜんっぜん伝《つた》わらないから」

こういう時《とき》、ツッコミができる末《すえ》っ子《こ》は損《そん》である。

「そうか……難《むずか》しかったか……」

「もしかして、カラ松兄《まつにい》さんはライブがやりたいんじゃないかな？」

センター前《まえ》タイムリーだ十四松《じゅうしまつ》Ｏｈ《オー》！　じゅうしまぁぁつ！　と、カラ松《まつ》は思《おも》った。

親指《おやゆび》で自分《じぶん》の顔《かお》をびしっとさして、カラ松《まつ》は声《こえ》を上《あ》げる。

「そうだともブラザー！　オレの歌《うた》に聴《き》きほれる世界中《せかいじゅう》のカラ松《まつ》ガールズのために、盛大《せいだい》にライブを開催《かいさい》したいんだ」

「いや、なんで今《いま》のでわかるんだよ十四松《じゅうしまつ》」

チョロ松《まつ》が不安《ふあん》そうに確認《かくにん》した。常識人枠《じょうしきじんわく》で6人《にん》の中《なか》の良心《りょうしん》であり、心《こころ》のブレーキを務《つと》める自分《じぶん》にはさっぱりわからない……という顔《かお》だ。ブレーキばっかり踏《ふ》みすぎて、前《まえ》に進《すす》めないのがもったいないとカラ松《まつ》は思《おも》っていた。

「で、カラ松兄《まつにい》さん本気《ほんき》でやるつもりなの？」

いちおう聞《き》いておいてあげるけどね。とチョロ松《まつ》の顔《かお》には書《か》いてあった。

本気《ほんき》で相談《そうだん》に乗《の》るというよりも、さらっと流《なが》したいのが見《み》え見《み》えだ。

だが、それに気《き》づいて遠慮《えんりょ》するようなカラ松《まつ》じゃない。

「ああ。生《う》まれてから今《いま》に至《いた》るまで、ずっと出《だ》しきれなかった本気《ほんき》を今度《こんど》こそ見《み》せる時《とき》がきたんだ。待《ま》ってくれている人《ひと》がいる限《かぎ》り、オレの歌《うた》は終《お》わらない」

一松《いちまつ》が舌打《したう》ちしながら「最初《さいしょ》から終《お》わってんだろ。そもそも始《はじ》まってもいねぇし」と

そっぽを向《む》いた。

「それじゃあまずは会場《かいじょう》を押《お》さえないといけないね。それに機材《きざい》や小道具《こどうぐ》のレンタル費用《ひよう》に、演者《えんじゃ》はまあカラ松兄《まつにい》さんだけだろうけど、照明《しょうめい》とか音響《おんきょう》とかスタッフのギャラも発生《はっせい》するし、チケット販売《はんばい》だってしなきゃいけないよ？」

チョロ松《まつ》はスラスラと説明《せつめい》した。たまたま詳《くわ》しい分野《ぶんや》の話《はなし》ができて、なんだかとっても得意《とくい》げだ。

カラ松《まつ》は手《て》を自分《じぶん》の顔《かお》に添《そ》えるようにして、指《ゆび》の間《あいだ》からじっと見《み》つめ返《かえ》す。

正直《しょうじき》、チョロ松《まつ》がなにを言《い》っているのか理解《りかい》できなかったのだ。

「結論《けつろん》だけ教《おし》えてくれブラザー」

「ざっと二十万《じゅうまん》……いや、もしかしたら三十万円《じゅうまんえん》くらいかかるんじゃないかな？　あと、もちろん会場《かいじょう》は地下《ちか》劇場《げきじょう》とか、よくてもシティーホールって感《かん》じだね。言《い》っておくけど、ドームや武道館《ぶどうかん》は無理《むり》だから。それから広告宣伝《こうこくせんでん》にも力《ちから》を入《い》れないとね。ポスターだってつくって印刷《いんさつ》しただけじゃなんの意味《いみ》もないんだよ？　だいたいどこに貼《は》るの？　貼《は》ってもらうのだってタダじゃないんだよ？　ほかにもインターネットで告知《こくち》もバンバンしていかないと」

チョロ松《まつ》が言《い》うたびにカラ松《まつ》は衝撃《しょうげき》を受《う》けた。

まず金《かね》がない。

広告《こうこく》？　宣伝《せんでん》？　そんなものしなくても歌《うた》えば伝《つた》わるものじゃないのか？　資本主義《しほんしゅぎ》の奴隷《どれい》に音楽《おんがく》という芸術《げいじゅつ》の尊《とうと》さのなにがわかるというんだ？

カッコイイポスターを撮影《さつえい》するなら、いくらでもポーズを決《き》めてやろう。

だが、それ以外《いがい》のこまごまとした準備《じゅんび》についてはノーサンキューだ。と、カラ松《まつ》は思《おも》った。

ステージの上《うえ》でスポットライトを浴《あ》びる自分《じぶん》に、裏方《うらかた》の仕事《しごと》は似合《にあ》わない。

「チョロ松兄《まつにい》さん、どうしてそんなに詳《くわ》しいの？」

十四松《じゅうしまつ》の素朴《そぼく》な質問《しつもん》にチョロ松《まつ》が胸《むね》を張《は》る。

「え？　これくらい普通《ふつう》だろ。というか、みんな知《し》らないの？　嘘《うそ》でしょ？　だって大人《おとな》だよね？　常識《じょうしき》の範疇《はんちゅう》だよねこれくらい」

「チョロ松兄《まつにい》さんはアイドルオタクだからしょうがないよ……んふふ♪　っていうか常識《じょうしき》の範疇《はんちゅう》って人《ひと》それぞれだよねぇ」

トド松《まつ》がスマホで常識《じょうしき》について検索《けんさく》した。

じょうしき　じやう―　【０】【常識《じょうしき》】
ある社会《しゃかい》において、人々《ひとびと》に広《ひろ》く承認《しょうにん》され、当然持《とうぜんも》っているはずの知識《ちしき》や判断力《はんだんりょく》のこと。

広《ひろ》く承認《しょうにん》されてるかなぁ？　と、トド松《まつ》は言《い》いたげだ。

「いいだろ別《べつ》にアイドルオタクだって！　生《い》きてるんだ呼吸《こきゅう》してるんだ！　だからそんな

に乾《かわ》いた目《め》で見《み》るんじゃないトッティ！　このドライアイ！」

「ドライアイの使《つか》い方《かた》まちがってるよ。それにボクはチョロ松兄《まつにい》さんの生《い》き方《かた》について、別《べつ》になんにも思《おも》ってないし感《かん》じてもいないよぉ」

「いや思《おも》えよ感《かん》じろよ！　もう少《すこ》し僕《ぼく》にも敬意《けいい》を払《はら》ってくれよ！　だいたいなにも思《おも》わない方《ほう》が人《ひと》として失礼《しつれい》だろ！」

「ほんとうにめんどくさいよねぇ、アイドルオタクって」

「お、おまッ!?　殺《ころ》ッ……もういい……お前《まえ》とからむとこっちが怪我《けが》してばっかりだ。ともかくライブをするなら成功《せいこう》させなきゃいけない。そのためにはきちんとした戦略《せんりゃく》とお金《かね》が必要《ひつよう》ってこと」

カラ松《まつ》は遠《とお》い目《め》をして窓《まど》の外《そと》を見《み》つめた。

雲《くも》ひとつない快晴《かいせい》だ。鳥《とり》のように翼《つばさ》があれば、風《かぜ》に乗《の》って自由《じゆう》にどこまでも飛《と》んでいける気《き》がする。

なのに現実《げんじつ》は無情《むじょう》にもカラ松《まつ》を地上《ちじょう》に縛《しば》りつける。

「所詮《しょせん》この世《よ》は金《かね》……金《かね》……金《かね》か」

おそ松《まつ》がにっこり笑《わら》った。

「金《かね》のことなら心配《しんぱい》いらないぜ？」

兄弟《きょうだい》たちの耳《みみ》がピクリと動《うご》いた。

「……マジか？」

「もしかしておそ松兄《まつにい》さん、お金《かね》持《も》ってるの？」

「おっかねもちー！　おっかねもちー！」

「いやみんな落《お》ち着《つ》けって。おそ松兄《まつにい》さん嘘《うそ》はよくないよ」

チョロ松《まつ》が怪《あや》しむとおそ松《まつ》は口《くち》を大《おお》きく開《あ》けて笑《わら》った。

「みんな頭《あたま》がかたいなぁ。お金《かね》が欲《ほ》しけりゃ借金《しゃっきん》すればいいんだって」

「そ、それはいいのかおそ松《まつ》？」

「心配《しんぱい》すんなカラ松《まつ》。要《よう》はライブのチケットが全部《ぜんぶ》売《う》れればいいんだろ？　むしろ売《う》れば売《う》るほど儲《もう》かるじゃんか！」

「おお！　なるほど、全部《ぜんぶ》売《う》れればいいんだな！」

「そうそう。で、その売《う》り上《あ》げを元手《もとで》に、今度《こんど》はもっと大《おお》きな会場《かいじょう》でライブをやるんだ。

もちろんチケットは完売御礼《かんばいおんれい》。席《せき》が増《ふ》えた分《ぶん》だけ一回《いっかい》の公演《こうえん》でがっぽがっぽ！　テレビなんかの取材《しゅざい》もきちゃって知名度《ちめいど》もうなぎ登《のぼ》り！」

「テレビの取材《しゅざい》……だとっ!?」

カラ松《まつ》はそっと目《め》を閉《と》じた。想像《そうぞう》の翼《つばさ》を羽《は》ばたかせる。

まぶたの裏《うら》に浮《う》かぶのは成功《せいこう》した自分《じぶん》の姿《すがた》だ。

キャアアアアアアアアアアアアアアアアアア！

ワアアアアアアアアアアアアアアアアアアア！

ライブ会場《かいじょう》を出《で》るとファンだけじゃなく、

テレビの報道陣《ほうどうじん》や新聞《しんぶん》の取材《しゅざい》の人《ひと》たちも集《あつ》まってくる。

たくさんのカメラに囲《かこ》まれて、四方八方《しほうはっぽう》からフラッシュを浴《あ》びっぱなしだ。

ああ、そんなに押《お》さないでくれ！　あせらなくても質問《しつもん》には全部《ぜんぶ》答《こた》えてやるさ。おっと、サインは後《あと》だぜ子《こ》ネコちゃん。

インタビューにこたえる未来《みらい》の自分《じぶん》の姿《すがた》に、カラ松《まつ》はうっとりした。

そんな妄想《もうそう》に入《はい》りこむように、おそ松《まつ》は続《つづ》ける。

「んでもって初武道館《はつぶどうかん》ライブからの全国《ぜんこく》ドームツアーって感《かん》じでさ」

「そうだなブラザー！　ツアーファイナルは東京《とうきょう》だ。そして……埋《う》めつくされた客席《きゃくせき》のカラ松《まつ》ガールズたちに、全米《ぜんべい》ツアーの開催決定《かいさいけってい》を報告《ほうこく》する……フッ、完璧な計画《パーフェクトプラン》だ」

「いいじゃんいいじゃん。その調子《ちょうし》で五大陸《ごたいりく》ツアーに進出《しんしゅつ》して、最後《さいご》は人類初《じんるいはつ》の世界同時《せかいどうじ》中継《ちゅうけい》、宇宙《うちゅう》ステーションからのライブで決《き》まりだな！」

ずっと不機嫌《ふきげん》な一松《いちまつ》がぼそりとつぶやいた。

「つーかさ……売《う》れるわけないじゃん。チケット……」

「常識的《じょうしきてき》に考《かんが》えれば一松兄《いちまつにい》さんの言《い》うとおりだよねぇ。ほんと、一松兄《いちまつにい》さんの方《ほう》が常識《じょうしき》あるっていうか……普通《ふつう》だよね？」

「……はあ？　トッティなに言《い》ってんのお前《まえ》」

「いや別《べつ》になにも？」

「……ケンカ売《う》ってんのかテメェ……売《う》ってんだろあぁん？」

「ボクはケンカなんて売《う》ってないよ一松兄《いちまつにい》さん。それよりチケットが売《う》れないことにはどうにもならないよね？」

カラ松《まつ》に衝撃《しょうげき》が走《はし》る。オレの初《はつ》ライブだ。きっとカラ松《まつ》ガールズが押《お》し寄《よ》せるだろう。チケットにプレミアがついて、オークションで高値《たかね》で取《と》り引《ひ》きされかねない。売《う》れる理由《りゆう》はいくらでも思《おも》い浮《う》かぶのだが、売《う》れない理由《りゆう》がさっぱりわからなかった。

「ほ、ほんとうに売《う》れないのかトッティ!?」

「ええと……これはあくまで一般論《いっぱんろん》で、カラ松兄《まつにい》さんだから売《う》れないっていう意味《いみ》で言《い》うんじゃないんだけど、無名《むめい》の新人《しんじん》がライブをしても人《ひと》が集《あつ》まるかなぁって思《おも》うんだ」

「そういうものなのか……話《はなし》が違《ちが》うぞおそ松《まつ》」

カラ松《まつ》がじっとおそ松《まつ》を見《み》つめると——

「え？　なんの話《はなし》？」

もうこの話題《わだい》に飽《あ》きたのか、おそ松《まつ》は寝《ね》っ転《ころ》がってマンガの続《つづ》きを読《よ》み始《はじ》めていた。

そうだ。この長兄《ちょうけい》はこういう男《おとこ》なのである。

相談《そうだん》には乗《の》ってくれるが最後《さいご》までつき合《あ》ってくれるとは限《かぎ》らない。

その時《とき》に楽《たの》しければ満足《まんぞく》で、飽《あ》きればこのとおり。わかっていたことなのに、今回《こんかい》もおそ松《まつ》のテキトーさに乗《の》せられてしまった。

そんなうかつな自分《じぶん》をいましめながら、カラ松《まつ》はチョロ松《まつ》に視線《しせん》を向《む》けた。

今回《こんかい》、最《もっと》も頼《たよ》れるのはチョロ松《まつ》だろう。

いやむしろチョロ松《まつ》しかいない。オレの心《こころ》のSOS《エスオーエス》よ届《とど》けとばかりに、カラ松《まつ》は熱《あつ》い視線《しせん》をチョロ松《まつ》に浴《あ》びせた。

「いやこっちに助《たす》けを求《もと》められても……」

チョロ松《まつ》は肝心《かんじん》な時《とき》ほど頼《たよ》りにならないところがある。どうやらこちらの要望《ようぼう》は届《とど》かなかったらしい。

諦《あきら》めも肝心《かんじん》だと、カラ松《まつ》は今度《こんど》は十四松《じゅうしまつ》を見《み》つめた。

「？？？」

不思議《ふしぎ》そうに首《くび》をかしげる。

いや、無理《むり》もないか。十四松《じゅうしまつ》はピュアボーイだ。

むしろ守《まも》ってやらなきゃならないと思《おも》い直《なお》して、カラ松《まつ》はトド松《まつ》を次《つぎ》のターゲットにした。

トド松《まつ》にほかの４人《にん》の視線《しせん》も集《あつ》まる。

お前《まえ》がなんとかしろという圧力《あつりょく》がかけられた。

やはり末《すえ》っ子《こ》は損《そん》である。トド松《まつ》お得意《とくい》の上手《じょうず》に甘《あま》えるテクニックも、それをよく知《し》る兄弟《きょうだい》たちには通《つう》じない。

はいはいやりますよやればいいんでしょ！　とでも言《い》いたげな顔《かお》で、トド松《まつ》は口《くち》を開《ひら》いた。

「ええと……そうだ！　ストリートライブから始《はじ》めてみたらどうかな？　お金《かね》もかからないだろうし」

守《まも》るべき弟《おとうと》に守《まも》られたような気持《きも》ちだ。弟《おとうと》の成長《せいちょう》を素直《すなお》にうれしく思《おも》うカラ松《まつ》だった。

「なるほど……ストリートから成《な》り上《あ》がって頂点《ちょうてん》を目指《めざ》す。まさにジャパニーズドリームの体現者《たいげんしゃ》になれってことだなトッティ！」

トド松《まつ》は「あ、うん……ええと、そんな感《かん》じで」と、ふわっと返《かえ》す。

正直《しょうじき》そこまでどころか、ほとんど考《かんが》えなしの意見《いけん》だったが、思《おも》っていたよりもカラ松《まつ》が食《く》いついてきて若干《じゃっかん》引《ひ》き気味《ぎみ》だ。

「で、どこでやればいいと思《おも》う？　ストリートなら会場《かいじょう》の手配《てはい》もいらないよな？　直《じか》にオレの声《こえ》を届《とど》けてやるぜ！」

トド松《まつ》はぱっと思《おも》いついたことを、そのまま口《くち》にした。

「そりゃあ、知名度《ちめいど》を上《あ》げるためだから人《ひと》が多《おお》いところがいいんじゃないかな。駅前《えきまえ》とか」

「なるほど。ナイスアドバイスだトッティ!」

空回《からまわ》りするカラ松《まつ》をドライなまなざしで見《み》つめながら、トド松《まつ》は思《おも》う。

(――というか、あおっておいて放置《ほうち》とか、おそ松兄《まつにい》さんってばひどいよ。迷惑《めいわく》するのボクらなんだから。十四松兄《じゅうしまつにい》さんもわからないって顔《かお》でスルーするし、カラ松兄《まつにい》さん自身《じしん》が怖《こわ》がって一松兄《いちまつにい》さんには触《ふ》れようともしないし。結局《けっきょく》フォローするのボクじゃないか。けどまあ、これでカラ松兄《まつにい》さんが路上《ろじょう》ライブにいってくれればひと安心《あんしん》かな)

トド松《まつ》がほっと息《いき》を吐《つ》いたのを見《み》て、チョロ松《まつ》が「やれやれこれだから素人《しろうと》は」と、首《くび》を左右《さゆう》に振《ふ》った。

「いやいや待《ま》って。路上《ろじょう》ライブとかまずいって。最近《さいきん》は駅前《えきまえ》や人《ひと》の多《おお》い場所《ばしょ》で無届《むとど》けでそういうことしてると、警察《けいさつ》の人《ひと》に怒《おこ》られるよ?」

(――チョロ松兄《まつにい》さんバカなの!? 今《いま》、やっとこの話《はなし》が終《お》わろうとしてたじゃん!)

チョロ松《まつ》の忠告《ちゅうこく》にカラ松《まつ》が再《ふたた》び考《かんが》えこんだ。

「なんてことだ……人《ひと》の夢《ゆめ》と書《か》いて儚《はかな》い。オレの歌《うた》が国家権力《こっかけんりょく》さえ動《うご》かしてしまうなんて……自分《じぶん》の才能《さいのう》が怖《こわ》い」

いちいちオーバーリアクションのカラ松《まつ》を、一松《いちまつ》がダルそうににらむ。

「チッ……」

舌打《したう》ちひとつで部屋《へや》の中《なか》が静《しず》まり返《かえ》る。場《ば》の空気《くうき》を支配《しはい》する一松《いちまつ》の力《ちから》にはカラ松《まつ》も一目《いちもく》置《お》いていた。

おそ松《まつ》が「またかよ、しょうがないな」という顔《かお》で、マンガのページを開《ひら》いたままカラ松《まつ》に告《つ》げる。

「だったらもう河原《かわら》とか公園《こうえん》とかでよくね？　つーか、うちの屋根《やね》の上《うえ》でもいーじゃん？　高《たか》いところだから目立《めだ》つぜ？」

「屋根《やね》の上《うえ》って、それじゃあいつもと変《か》わらないよ。人目《ひとめ》につかなきゃ始《はじ》まらないんだし」

チョロ松《まつ》はあくまで冷静《れいせい》だ。

そんな三男《なん》におそ松《まつ》がつまらなそうに返《かえ》す。

「駅前《えきまえ》はダメって言《い》ったのチョロ松《まつ》だろ？」

会話《かいわ》がつまらないというよりチョロ松《まつ》がクソつまらないという感《かん》じだった。

「だったら許可《きょか》をとってやればいいって話《はなし》であって『やるな』とは言《い》ってないし」

「じゃあどこで許可《きょか》とるんだよ？」

「そ、そりゃあ……警察《けいさつ》とか？」

「簡単《かんたん》に許可《きょか》がおりるのかぁ？」

「そ、そそそ、そこまではわかんないけど……」

チョロ松《まつ》はすっかり考《かんが》えこんでしまった。こうなるとしばらく、会話《かいわ》にからんでこなくなる。長男《ちょうなん》おそ松《まつ》、弟《おとうと》の弱点《じゃくてん》を知《し》りつくしていてこその頭脳《ずのう》プレイだ。

が、会話《かいわ》が途切《とぎ》れて、これ以上《いじょう》は誰《だれ》からもアイディアが出《で》そうになくなってしまった。

「フッ……人間《にんげん》は最終的《さいしゅうてき》には孤独《こどく》だ」

ジャラ～ン♪　とカラ松《まつ》がギターを弾《ひ》く。

ますます部屋《へや》の温度《おんど》が低《ひく》くなった。

すると突然《とつぜん》、十四松《じゅうしまつ》が両手《りょうて》を万歳《ばんざい》させて笑顔《えがお》で声《こえ》を上《あ》げる。

「そうだカラ松兄《まつにい》さん！　一曲弾《いっきょくひ》いてみてよ！」

まん丸《まる》ピュアな瞳《ひとみ》で見《み》つめてくる十四松《じゅうしまつ》に、カラ松《まつ》は後《あと》ずさった。

「い、今《いま》……やるのか？」

「うん、そうだよ！」

「ここで弾《ひ》くのか？」

「うん、そうだよカラ松兄《まつにい》さん！」

「それはできないブラザー」

十四松《じゅうしまつ》が「えっ!?」と不思議《ふしぎ》そうな顔《かお》をした。

「なんでなんで!?　どうしてダメなの？」

「今日《きょう》、この場所《ばしょ》には音楽《おんがく》の女神《めがみ》は降《お》りてきていないんだ」

「じゃあ野球《やきゅう》の神様《かみさま》は？」

「ええと……それもたぶん降《お》りてきてないだろうな」

しどろもどろになるカラ松《まつ》に「そっかー。残念《ざんねん》だね」と十四松《じゅうしまつ》は納得《なっとく》する。

どこで好奇心《こうきしん》のスイッチが入《はい》るかわからない十四松《じゅうしまつ》だが、興味《きょうみ》がなくなるタイミングもやっぱり独特《どくとく》だ。

ジャラララ〜〜ン♪

再《ふたた》びカラ松《まつ》がギターをかき鳴《な》らす。

「さあ、どうしたどうしたブラザーたち？　もう終《お》わりなのか？　遠慮《えんりょ》しないでもっとオレを輝《かがや》かせてくれてもいいんだぜ!?」

一松《いちまつ》がゆっくり腰《こし》を上《あ》げた。

「おっ……おお！　なにか名案《めいあん》があるんだな一松《いちまつ》？　遠慮《えんりょ》なくなんでも言《い》ってくれ！」

カラ松《まつ》の真正面《ましょうめん》に一松《いちまつ》は立《た》ちはだかる。

どんな意見《いけん》が飛《と》び出《だ》すかじーっと待《ま》っていると——

突然《とつぜん》、カラ松《まつ》の襟元《えりもと》を一松《いちまつ》がギュー！　と、つかみ上《あ》げた。

「死《し》ねボケェコラァアホカスゴミムシクズザコクソ松《まつ》！」

(((——ついに一松《いちまつ》がキレたーッ!?)))

いつキレてもおかしくなかった一松《いちまつ》が、満《まん》を持《じ》しての大爆発《だいばくはつ》だ。

「な、なにをするんだブラザー!?」

「さっきから我慢《がまん》して聞《き》いてりゃうだうだうだうだ言《い》い訳《わけ》ばっかしやがって！　やんのかやらねぇのかはっきりしろクルオラアアアアアアアアアア！　時間《じかん》の無駄《むだ》だろうが！」

つかんだ襟元《えりもと》を一松《いちまつ》がガクガクと揺《ゆ》らす。

「ニートが時間《じかん》の無駄《むだ》って言《い》うのもアレだけどね」

チョロ松《まつ》のツッコミは総《そう》スルーされた。

首《くび》を激《はげ》しく前後《ぜんご》に揺《ゆ》らされながら、カラ松《まつ》は一松《いちまつ》の説得《せっとく》モードに入《はい》る。

「まあ待《ま》て一松《いちまつ》。落《お》ち着《つ》け……いや、ありがとう」

「ハアッ⁉　いきなりなに言《い》ってんだコルァアアア！　ついに壊《こわ》れたかクソ松《まつ》！」

手《て》を離《はな》して肩《かた》で息《いき》をする一松《いちまつ》に、カラ松《まつ》はウインクしてみせた。

「そうやってオレにわざとつらく当《あ》たることで、背中《せなか》を押《お》してくれたんだよな？」

「ば、バカじゃねーの？　そんなわけないだろゴミカスザコクズクソ松《まつ》。おれは単純《たんじゅん》にうざくてむかついただけだし……」

「言《い》い訳《わけ》はいらないぜ。人間《にんげん》は孤独《こどく》だ。だが、だからこそお互《たが》いに助《たす》け合《あ》うことができる。そう言《い》いたいんだよな？」

トド松《まつ》がおそ松《まつ》に耳打《みみう》ちした。

「今《いま》、そんな流《なが》れとかくだりがあったかなおそ松兄《まつにい》さん？」

「なかったな。つうかやっぱイタすぎだろカラ松《まつ》のやつ」

長男《ちょうなん》と末《すえ》っ子《こ》がドン引《び》きする中《なか》、一松《いちまつ》はますます不機嫌《ふきげん》さを増《ま》していった。

「死《し》ね死《し》ね死《し》ね……三回死《かいし》ねクソ松《まつ》」

ジャラ～～ン♪

一松《いちまつ》の呪《のろ》いの言葉《ことば》をギターの音色《ねいろ》でかき消《け》し、カラ松《まつ》は笑《え》みを浮《う》かべた。

「フッ……素直《すなお》じゃないな。だがおかげで覚悟《かくご》が決《き》まった。演奏《やや》ってやるぜ一松《いちまつ》。お前《まえ》のためにも」

「ハァ!?　どうしてそうなるんだクソ松《まつ》!?」

ジャンッ！　ジャンッ！　ジャンッ！　ジャージャンッ！

ギターでリズムを刻《きざ》みながら、カラ松《まつ》は一松《いちまつ》をじっと見《み》つめる。

「いや、むしろもうこうなったら……オレとユニットを組《く》まないか？　一緒《いっしょ》にストリートから天下《てんか》をとって、ドームや武道館《ぶどうかん》を沸騰《ふっとう》させようぜ。メインボーカルはお前《まえ》だ……一《いち》松《まつ》!!」
「…………」
一松《いちまつ》は思《おも》い描《えが》いた。
スポットライトが降《ふ》り注《そそ》ぐステージの上《うえ》で、カラ松《まつ》とふたり並《なら》んで見下《みお》ろす。
客席《きゃくせき》は満員御礼《まんいんおんれい》。立《た》ち見席《みせき》もぎゅうぎゅうだ。
キャアアアアアアアアアアアアアア！
ワアアアアアアアアアアアアアアア！
パチパチパチパチパチパチパチパチパチ！
拍手《はくしゅ》が鳴《な》りやまない。
お客《きゃく》さんたちの期待《きたい》に満《み》ちた視線《しせん》にさらされる。
伴奏《ばんそう》が始《はじ》まり、となりでカラ松《まつ》がギターをかき鳴《な》らし出《だ》した。
ジャンッ！　ジャンッ！　ジャンッ！　ジャージャンッ！
ジャンッ！　ジャンッ！　ジャンッ！　ジャージャンッ！
目《め》の前《まえ》には自分《じぶん》のためだけに用意《ようい》されたボーカルマイク。

客席《きゃくせき》が静《しず》まり返《かえ》った。

ここで失敗《しっぱい》すればライブは台《だい》なしだ。重苦《おもくる》しいプレッシャーがボーカリストにのしかかる。

胃《い》がきりきり痛《いた》くなって、一松《いちまつ》は——

「……む、無理《むり》だッ……はうわッ！」

ドサリッ！

その場《ば》に倒《たお》れた。

「うわッ！　おい大丈夫《だいじょうぶ》か一松《いちまつ》！」

「想像《そうぞう》しただけで気絶《きぜつ》してるよ一松兄《いちまつにい》さん。引《ひ》くわー。ドン引《び》くわー」

カラ松《まつ》は悲《かな》しげな瞳《ひとみ》で窓《まど》の外《そと》の空《そら》を見《み》つめる。

「一松《いちまつ》には刺激《しげき》が強《つよ》すぎたか」

そう言《い》うと振《ふ》り返《かえ》ってカラ松《まつ》は続《つづ》けた。

「なあブラザーたち……オレと……組《く》まないか？」

「え!?」

「あっ、そういうのいいんで。興味《きょうみ》ないから」

「僕《ぼく》もパス。ステージは見《み》る方《ほう》が好《す》きだから」

十四松《じゅうしまつ》もトド松《まつ》もチョロ松《まつ》も、一斉《いっせい》にそっぽを向《む》いた。

残《のこ》るおそ松《まつ》をカラ松《まつ》は涙《なみだ》ながらに見《み》つめる。

「ならおそ松《まつ》！　やっぱりオレたちでやるしかないだろ？　一緒《いっしょ》に夢《ゆめ》をつかみとろうぜ！」

おそ松《まつ》は珍《めずら》しく真面目《まじめ》な顔《かお》をした。

「俺《おれ》に頼《たよ》るなよ。だいたい夢《ゆめ》ってものは自《じ》分《ぶん》でかなえるもんだろ？　他人《たにん》の力《ちから》を借《か》りて手《て》に入《い》れた栄光《えいこう》なんかで、お前《まえ》はほんとうに満足《まんぞく》できるのかカラ松《まつ》？」

カラ松《まつ》はハッとさせられた。

この長男《ちょうなん》は時々《ときどき》、胸《むね》を打《う》つようなことを言《い》うのだ。その時《とき》ばかりは尊敬《そんけい》の念《ねん》を抱《いだ》かざるを得《え》ない。

「それに、歌《うた》ってものはもともと自由《じゆう》なんだからさ、誰《だれ》のモノでもないっていうか……歌《うた》いたい時《とき》に歌《うた》いたいから歌《うた》う……それが自然《しぜん》なことでしょ？　だから『人気《にんき》を出《だ》したい』とか『人気者《にんきもの》になりたい』とか考《かんが》えるんじゃなくって、ただただ好《す》きで歌《うた》っていたら、それが偶然《ぐうぜん》多《おお》くの人々《ひとびと》の心《こころ》に響《ひび》いた……それでいいんじゃないの？　なんだかその方《ほう》がいい気《き》がするんだよなぁ～」

カラ松《まつ》はそっと自分《じぶん》の胸《むね》に手《て》を当《あ》てた。

「今《いま》の言葉《ことば》、ハートにガツンときたぜ。そうだなおそ松《まつ》！　お前《まえ》の言《い》うとおりだ。オレの目《め》は曇《くも》っていた。歌《うた》は自由《じゆう》だ！　誰《だれ》かのためじゃない。自分《じぶん》のために歌《うた》うんだ」

適当《てきとう》な感《かん》じでおそ松《まつ》は言《い》う。

「そうそう。だから無理《むり》にやり方《かた》を変《か》える必要《ひつよう》なんてない。お前《まえ》はお前《まえ》のままでいいのさ」

今日《きょう》もカラ松《まつ》は屋根《ステージ》の上に立《た》つ。

「オレはいつまでも待《ま》ってるぜ」

音楽《おんがく》の女神《めがみ》が舞《ま》い降《お》りて心《こころ》が歌《うた》い出《だ》す瞬間《しゅんかん》を。

その時屋根《ときやね》の上《うえ》にひょっこり十四松《じゅうしまつ》とトド松《まつ》が顔《かお》を出《だ》した。

「なんか最初《さいしょ》とぜんぜん変《か》わってないよね？」

つぶやいた十四松《じゅうしまつ》にトド松《まつ》が、

「しーっ！　これが平和《へいわ》でいちばんいいんだって」

と、小声《こごえ》で言《い》った。

結局《けっきょく》、いつまでたってもカラ松《まつ》はカラ松《まつ》なのだった。

おみくじ

ブンッ！　ブンッ！　ブンッ！　ブンッ！

6つ子《むつご》の部屋《へや》に十四松《じゅうしまつ》が振《ふ》るバットの音《おと》が響《ひび》く。今日《きょう》は特《とく》に絶好調《ぜっこうちょう》だ。当《あ》たればホームランまちがいなしのスイングを連発《れんぱつ》している。

「あははは〜〜なんかホームランが打《う》てそうな気《き》がする！」

と、言《い》ってはみたものの、ホームランを打《う》つためにはまず野球《やきゅう》をしなきゃいけない。残念《ざんねん》なことに兄弟《きょうだい》たちは一緒《いっしょ》に野球《やきゅう》をしてくれないのだ。練習《れんしゅう》につき合《あ》ってくれるのは一松《いちまつ》だけである。

その一松《いちまつ》はといえば、ネコじゃらしでネコと遊《あそ》ぶのに夢中《むちゅう》だった。

ニャ〜〜ン！　ゴロゴロ〜〜

せっかく一松《いちまつ》が楽《たの》しそうにしてるので、あんまり邪魔《じゃま》しちゃ悪《わる》いなと思《おも》ったらしく、十四松《じゅうしまつ》はひとりで素振《すぶ》りをがんばり続《つづ》けた。

カラ松《まつ》はちょっとヤンチャな男性《だんせい》向《む》けのファッション雑誌《ざっし》をチェックする。特集《とくしゅう》は『俺《おれ》summer《サマー》は終《お》わりなきモテ期《き》。お前《まえ》の心《こころ》の氷河《ひょうが》を溶《と》かしつくしてやる』という、夏《なつ》のおすすめ定番《ていばん》アイテムをまとめた記事《きじ》だった。

ページをめくっては付箋《ふせん》をぺたぺた貼《は》る。

服《ふく》も靴《くつ》もアクセサリーも、雑誌《ざっし》にのっているものを自分《じぶん》なりに組《く》み合《あ》わせて着《き》こなしの想像《そうぞう》をする。

イメージトレーニングにかかるお金《かね》は、雑誌代《ざっしだい》だけだ。

「フッ……このカットソー……ラメ入《い》りパンツに合《あ》わせるのも悪《わる》くない」

お金《かね》はないが、こうして自分《じぶん》のセンスに磨《みが》きをかけ続《つづ》ける努力《どりょく》は怠《おこた》らない。すべてはカラ松《まつ》ガールズのためなのだ。

今日《きょう》もチョロ松《まつ》は就職情報誌《しゅうしょくじょうほうし》とにらめっこしていた。

数字《すうじ》には強《つよ》いから経理関係《けいりかんけい》とかはどうかな？

基本的《きほんてき》には肉体労働《にくたいろうどう》よりも頭脳労働《ずのうろうどう》が合《あ》ってるよな。

けど、アイドルと一緒《いっしょ》に仕事《しごと》ができるなら、イベントのお手伝《てつだ》いなんかもいいかもしれない。と、迷《まよ》ってばかりで決《き》まらない。

用意《ようい》した履歴書《りれきしょ》は真《ま》っ白《しろ》なままだ。

トド松《まつ》がそんな兄弟《きょうだい》たちを横目《よこめ》になんとなーくスマホをいじっていると、人数《にんずう》が足《た》りないことに気《き》がついた。

「そういえば、おそ松兄《まつにい》さんがいないね？」

「釣《つ》り堀《ぼり》にでもいってるんじゃない？」

チョロ松《まつ》が情報誌《じょうほうし》のページをめくりながら、まったく興味《きょうみ》なさそうに言《い》った。

トド松《まつ》も「まあそんなとこだよね。お金《かね》もないし」と返《かえ》す。

気《き》まぐれなおそ松《まつ》がふらっといなくなることなんて、いつものことだ。

すると、ドタドタと階段《かいだん》を駆《か》け上《あ》がる音《おと》が聞《き》こえてきた。

襖《ふすま》を開《あ》けておそ松《まつ》が部屋《へや》に飛《と》びこんでくる。

「みんなみんな！　こんな本拾《ほんひろ》ったんだけどちょっと見《み》てよマジで！」

ぜーはーと息《いき》を荒《あら》くして、おそ松《まつ》は目《め》を輝《かがや》かせた。

兄弟《きょうだい》たちに拾《ひろ》ったという本《ほん》を見《み》せつける。

本《ほん》の帯《おび》には「星座別運気《せいざべつうんき》アップおまじないアドバイスつき」と書《か》かれていた。

羊《ひつじ》やら牛《うし》やら双子《ふたご》やら、十二星座《せいざ》のキャラクターが表紙《ひょうし》で賑《にぎ》やかにおどっている。なんとなく女《おんな》の子《こ》が好《す》きそうな、ファンシーなデザインだ。

おそ松《まつ》らしくない女子力《じょしりょく》の高《たか》さだ。トド松《まつ》が目《め》を輝《かがや》かせる。

「あ、星占《ほしうらな》いの本《ほん》だね？　っていうか、おそ松兄《まつにい》さんが興味《きょうみ》を持《も》つなんて意外《いがい》かも」

「運気《うんき》が上《あ》がるって書《か》いてあるし、宝《たから》くじとか当《あ》たりまくりじゃん！」

トド松《まつ》は本《ほん》の帯《おび》をじっと見《み》て気《き》づく。

「あっ……この運気《うんき》アップアドバイスって、去年《きょねん》のやつみたいだよ」

「え!?　なにそれ？　おまじないって賞味期限《しょうみきげん》があるの？」

「たぶん毎年《まいとし》売《う》るために、いろいろと変《か》えてるんじゃない？」

「うわあ詐欺《さぎ》じゃん。だから捨《す》てられてたのかチクショー！　なんかだまされた気分《きぶん》」

「いや、詐欺《さぎ》ではないと思《おも》うんだけど……えーと、この本《ほん》は去年《きょねん》の運勢《うんせい》だけじゃなくて、星座《せいざ》ごとの性格《せいかく》ものってるっぽいね。ちょっと見《み》せてよ」

おそ松《まつ》の手《て》から本《ほん》を受《う》けとると、トド松《まつ》はぺらぺらめくった。

「なあなあ、それじゃあ俺《おれ》のこと占《うらな》ってみてよ！　で、宝《たから》くじの当《あ》たり番号《ばんごう》も教《おし》えて。

トッティこういうの好《す》きだろ？」

「うんいいよ。宝《たから》くじの当《あ》たり番号《ばんごう》はわからないけどね。えっと、おそ松兄《まつにい》さんは五月《がつ》二十四日生《う》まれの双子座《ふたござ》だね」

双子座《ふたござ》のページを開《ひら》いてトド松《まつ》が読《よ》み上《あ》げる。

「なになに、双子座《ふたござ》のあなたは頭《あたま》の回転《かいてん》が速《はや》く、器用《きよう》で要領《ようりょう》がよいです。そしてとっても好奇心旺盛《こうきしんおうせい》です。コミュ力《りょく》も高《たか》いですが飽《あ》きっぽいところがあります。長所《ちょうしょ》は楽観的《らっかんてき》なところ。短所《たんしょ》は気《き》まぐれで、ちょっとドライなところ……だってさ？」

「うわ！　当《あ》たってんじゃん？　占《うらな》いすっげー！」

おそ松《まつ》は占《うらな》いを気《き》に入《い》ったみたいだ。

「じゃあ次《つぎ》は俺《おれ》がトッティのことを占《うらな》ってやるよ」

占《うらな》いの本《ほん》をトド松《まつ》から返《かえ》してもらって、おそ松《まつ》は得意《とくい》げに言《い》う。

「待《ま》ってよ兄《にい》さん。ボクら6つ子《むご》だよ？　結果《けっか》はみんな一緒《いっしょ》だって」

「ええ!?　マジかよ！」

「マジだよ」

本気《ほんき》でびっくりしてから、おそ松《まつ》は本《ほん》に向《む》かって文句《もんく》を言《い》う。

「全然違《ぜんぜんちが》うじゃん当《あ》たってないよこれ！　カラ松《まつ》は器用《きよう》とはほど遠《とお》いくらい不器用《ぶきよう》だし、

一松《いちまつ》はコミュ力《りょく》が超低《ちょうひく》いぜ？　チョロ松《まつ》なんて心配性《しんぱいしょう》じゃんか！　それにトド松《まつ》はちょっとどころかスーパードライモンスターだもんな」

「ひ、ひどいよ兄《にい》さん。ボクは全然《ぜんぜん》ドライでもモンスターでもないからね！」

ブンッ！　ブンッ！　ブンッ！　ブンッ！　ブンッ！　ピタ――

素振《すぶ》りをやめると十四松《じゅうしまつ》が、ふたりのもとにやってきた。

「じゃあじゃあぼくは!?」

「お前《まえ》は気《き》まぐれっていうか、ぜんっぜん読《よ》めないところがあるからな。やっぱ当《あ》たってないよこの占《うらな》い。なあカラ松《まつ》はどう思《おも》う？」

カラ松《まつ》は立《た》ち上《あ》がった。雑誌《ざっし》の読者《どくしゃ》モデルっぽくポーズをとる。

どう思《おも》うもなにもない。占《うらな》い……それは人生《じんせい》の道《みち》しるべだ。

「フッ……動《うご》き出《だ》した運命《うんめい》の歯車《はぐるま》が愛《あい》のスパイラルを予感《よかん》させるぜ」

「いや、そういうのいいから。つうか聞《き》いた俺《おれ》がバカだったよ。チョロ松《まつ》はどうだ？　なんか異論《いろん》はあるか？」

おそ松《まつ》に聞《き》かれてチョロ松《まつ》は首《くび》を左右《さゆう》に振《ふ》った。異論《いろん》もなにも、まったく興味《きょうみ》もなければ、こういうオカルトチックなものは信用《しんよう》もしていない。

「占《うらな》いなんて信《しん》じないよ。非科学的《ひかがくてき》だしなんの根拠《こんきょ》もないもの。同《おな》じ星座《せいざ》と血液型《けつえきがた》だからって性格《せいかく》まで一緒《いっしょ》なわけないじゃないか。そもそも僕《ぼく》らがそうなんだし」

おそ松《まつ》は「お前《まえ》らしい意見《いけん》だけどおもしろさゼロだな」と、チョロ松《まつ》をばっさり切《き》った。

「真面目《まじめ》に答《こた》えただけなのに人格否定《じんかくひてい》やめてくれる？」

「別《べつ》に否定《ひてい》はしてないだろ。ただ、お前《まえ》の意見《いけん》っていつもイイね！　って思《おも》えないだけでさ。まあ落《お》ちこむことはないぞ。生《い》きてりゃいいことあるって」

「いやそこはイイね！　って思《おも》ってくれてもいいでしょ。それに励《はげ》まし方《かた》が雑《ざつ》だから」

「つーか就活《しゅうかつ》アピールもいったい何度目《なんどめ》だよ。面接《めんせつ》に落《お》ちた回数《かいすう》を自慢《じまん》されてもお兄《にい》ちゃん、悲《かな》しくなるぞ」

「ぼ、僕《ぼく》はそんなことしないから！　っていうかあわれむのやめて！」

「その履歴書《りれきしょ》の職歴欄《しょくれきらん》が埋《う》まることを、心《こころ》よりお祈《いの》りしてるぜ」

「お祈《いの》りメール!?　不採用通知《ふさいようつうち》で定番《ていばん》の呪《のろ》いの言葉《ことば》で締《し》めくくらないでよ縁起《えんぎ》でもない」

「占《うらな》いは信《しん》じないのに縁起《えんぎ》は担《かつ》ぐんだな」

「ほっといてよ！」

チョロ松《まつ》いじりに満足《まんぞく》したおそ松《まつ》は、続《つづ》けて一松《いちまつ》に聞《き》いた。

「一松《いちまつ》はどうだ？　じつは占《うらな》いとか結構好《けっこうす》きなんじゃないか？　黒魔術《くろまじゅつ》とかさ、なんかそっち方面《ほうめん》っぽいし」

ニャ〜〜ン！　シュタッ！

遊《あそ》ぶのに飽《あ》きたらしく、一松《いちまつ》のもとからネコが窓《まど》の外《そと》に逃《に》げてしまった。

「……なに？　なんか……呼《よ》んだ？」

一松《いちまつ》は急《きゅう》に不機嫌《ふきげん》になった。

話《はな》しかけるタイミングが悪《わる》かったかなぁ……と、おそ松《まつ》はあせりながら返《かえ》す。

「い、いや。別《べつ》になんでもない」

十四松《じゅうしまつ》が突然《とつぜん》、元気《げんき》に手《て》を挙《あ》げた。リズミカルに声《こえ》も上《あ》げる。アゲアゲ（？）なテンションだ。

「ハイハイハイハハハイハーイ!!　ぼく、ホームランが打《う》ちたい！」

トド松《まつ》が笑顔《えがお》で優《やさ》しく教《おし》えた。

「十四松兄《じゅうしまつにい》さん、それは占《うらな》いじゃなくてただの願《ねが》いごとだから……そうだ！　七夕《たなばた》の時《とき》の短冊《たんざく》に書《か》こうね」

「あははっ！　いいね七夕《たなばた》！　ハッスル

ハッスル！　マッスルマッスル！」

ピュアな十四松《じゅうしまつ》が瞳《ひとみ》をキラキラ輝《かがや》かせる。

ふたりのやりとりを見《み》て、おそ松《まつ》がひらめいた。

「そうだ！　星座占《せいざうらな》いはこれくらいにしてさ……おみくじ引《ひ》こうぜ！」

チョロ松《まつ》が面倒《めんどう》くさそうな顔《かお》で首《くび》をかしげる。

長男《ちょうなん》が思《おも》いつきで兄弟《きょうだい》を振《ふ》り回《まわ》すのは、いつものことだ。今日《きょう》に限《かぎ》って言《い》えば、正直《しょうじき》あんまり相手《あいて》にしたくない。

「おみくじって、今《いま》から神社《じんじゃ》にでもいくの？」

「それじゃあおさい銭《せん》がもったいないだ

ろ？　だから自分《じぶん》たちでつくるんだよ。ちょっと待《ま》ってろ！」

おそ松《まつ》は一階《いっかい》に降《お》りると、空《から》っぽの段《だん》ボール箱《ばこ》を見《み》つけた。

箱《はこ》に手《て》を入《い》れる穴《あな》を空《あ》ける。

裏《うら》が白《しろ》いチラシを切《き》って短冊《たんざく》にした。

「おっ！　われながらいい感《かん》じじゃんか」

お手製《てせい》のおみくじ箱《ばこ》を持《も》って二階《かい》に戻《もど》ると、おそ松《まつ》は全員《ぜんいん》におみくじを書《か》かせた。

「みんな一枚《まい》ずつな！　好《す》きな内容《ないよう》を書《か》いてくれ。あんまり難《むずか》しいのはなしだかんね？」

それぞれがくじに書《か》いた内容《ないよう》は、こんな感《かん》じだ。


『ラブ吉《きち》：女《おんな》の子《こ》に声《こえ》をかけられる』

『大吉《だいきち》：お金《かね》を手《て》に入《い》れる』

『中吉《ちゅうきち》：おいしいものが食《た》べられる』

『野球吉《やきゅうきち》：ホームランが打《う》てる』

『大一大万大吉《だいいちだいまんだいきち》：アイドルと握手《あくしゅ》できる』

『圧倒的最底辺《あっとうてきさいていへん》かつ暗黒大魔界《あんこくだいまかい》クソ闇地獄《やみじごく》大凶《だいきょう》：大爆発《だいばくはつ》に巻《ま》きこまれる』

発表《はっぴょう》された内容《ないよう》にチョロ松《まつ》が声《こえ》を上《あ》げた。

「ちょ！　誰《だれ》だよ『大爆発《だいばくはつ》』なんて物騒《ぶっそう》なこと書《か》いたやつ？」

一松《いちまつ》が小《ちい》さく手《て》を挙《あ》げる。その口元《くちもと》はニヤリと笑《わら》っていた。

「……ハズレがあった方《ほう》がおもしろいだろ。それにチョロ松兄《まつにい》さんは占《うらな》いとかおみくじなんて信《しん》じてないんだし……当《あ》たったところで別《べつ》に気《き》にすることないよ」

クックック……と、悪役《あくやく》っぽく一松《いちまつ》は笑《わら》う。

「まあゲームとしてはありだけど、別《べつ》に誰《だれ》かひとりを不幸《ふこう》にする必要《ひつよう》もないと思《おも》うんだよね。もちろん、一松《いちまつ》が言《い》うとおり僕《ぼく》はおみくじの結果《けっか》を真《ま》に受《う》けたりしないけど」

トド松《まつ》が口《くち》を「ω」にさせて言《い》う。

「っていうかー『アイドルと握手《あくしゅ》』って誰《だれ》が書《か》いたか丸《まる》わかりだよね？　これって誰《だれ》にとっても幸《しあわ》せかなぁ？　アイドルに興味《きょうみ》ない人《ひと》には別《べつ》にどーでもいいんじゃない？」

チョロ松《まつ》が顔《かお》を真《ま》っ赤《か》にした。アイドルに興味《きょうみ》がない成人男子《せいじんだんし》が存在《そんざい》するわけがない。

「い、いいだろ別《べつ》に。当《あ》たるわけないんだ

し。ただアイドルと握手《あくしゅ》できるっていうのは、誰《だれ》にとっても幸《しあわ》せなことだと思《おも》って書《か》いただけだよ」

「んふふ〜♪　じつはちょっぴり期待《きたい》してるんでしょ？　チョロ松兄《まつにい》さんも素直《すなお》じゃないなぁ」

「う、うっさいトッティ！　僕《ぼく》は現実《げんじつ》が見《み》えてるだけなんだ」

ふたりの会話《かいわ》に割《わ》りこむように、カラ松《まつ》がポーズを決《き》めた。

なかなか自分《じぶん》の意見《いけん》を言《い》うチャンスが回《まわ》ってこない。こういう時《とき》は押《お》しの一手《いって》だ。

「オレは『出会《であ》い』を……」

「この『ホームラン』のやつはお前《まえ》だろ十四松《じゅうしまつ》？」

カラ松《まつ》をスルーしておそ松《まつ》が十四松《じゅうしまつ》に話題《わだい》を振《ふ》った。

「うん！　そうだよ。七夕《たなばた》まで待《ま》てないからね！　あははっ！」

カラ松《まつ》がもう一度《ど》ポーズを決《き》め直《なお》した。ここで負《ま》けるようでは次男《じなん》の名《な》がすたる。

「オレは『出会《であ》い』を求《もと》め……」

トド松《まつ》がおそ松《まつ》に聞《き》いた。

「ってことは、この『お金《かね》を手《て》に入《い》れる』っていうのが、おそ松兄《まつにい》さんの書《か》いたおみくじかな？」

「お金《かね》が一番《いちばん》わかりやすいだろ？　ってことは『おいしいものが食《た》べられる』はトッティか」

「あんまりすごすぎることが起《お》こっても困《こま》るしね」

「オレの書《か》いた『出会《であ》い』のおみくじの話《はなし》も……」

「OK《オーケー》！　それじゃあみんなのおみくじを箱《はこ》に入《い》れるぞ」

できあがったおみくじを折《お》って箱《はこ》に入《い》れると、おそ松《まつ》が上下《じょうげ》に振《ふ》って中身《なかみ》をシャッフルした。

「じゃあまずはカラ松《まつ》からだ」

カラ松《まつ》が、めげずにかっこつけながらおみくじ箱《ばこ》に手《て》をつっこむ。

「フッ……オレはどんなに過酷《かこく》な運命《うんめい》でも乗《の》り越《こ》えてみせるぜ」

箱《はこ》の中《なか》から一枚《まい》とりだして「ついにこの手《て》につかんだぜデスティニー」とキメ顔《がお》をつくった。

チョロ松《まつ》が「はいはい次《つぎ》は僕《ぼく》が引《ひ》くからちょっとどいてね」と、カラ松《まつ》を押《お》しのけてお

みくじを引《ひ》く。「ま、こんな即席《そくせき》のおみくじ、当《あ》たるわけないけどね」
運命《うんめい》の一枚《まい》をチョロ松《まつ》も手《て》にとる。
続《つづ》けて十四松《じゅうしまつ》も箱《はこ》に手《て》をつっこむとおみくじを一枚《まい》とりだした。
「なにが出《で》るかな？　なにが出《で》るかな？
ほらほら、一松兄《いちまつにい》さんも早《はや》く引《ひ》きなよ！
楽《たの》しみだね？」
「……ああ」
十四松《じゅうしまつ》に言《い》われて一松《いちまつ》もおみくじを引《ひ》く。
「……引《ひ》いたぞ。あとはおそ松《まつ》とトド松《まつ》だな」
「俺《おれ》は最後《さいご》でいいから、トド松《まつ》引《ひ》けよ？
末《すえ》っ子《こ》でいつも面倒押《めんどうお》しつけられて大変《たいへん》だ

ろ？」

「いやいいって別《べつ》に気《き》にしてないし！　っていうか気《き》をつかってくれるならむしろ最後《さいご》に引《ひ》きたいかなぁ。ほら、残《のこ》り物《もの》には福《ふく》があるっていうじゃない。というわけでお先《さき》にどうぞおそ松兄《まつにい》さん」

「あっそう。悪《わる》いな！　それじゃあ俺《おれ》は……えーっと……えーと……右《みぎ》か左《ひだり》か……うーん……こっちだ！」

迷《まよ》いに迷《まよ》った末《すえ》、おそ松《まつ》はおみくじを選《えら》んだ。

箱《はこ》に残《のこ》った最後《さいご》の一枚《まい》をトド松《まつ》がとる。

全員《ぜんいん》こっそりと自分《じぶん》のおみくじを確認《かくにん》した。ひとりだけ顔《かお》が青《あお》くなったが、気《き》にせずおそ松《まつ》がみんなに言《い》う。

「部屋《へや》にいてもつまんないし散歩《さんぽ》にいこうぜ！」

チョロ松《まつ》が不満《ふまん》そうな声《こえ》を上《あ》げた。

「ええっ？　ええと……無理《むり》に出《で》かけなくてもよくない？　っていうか、外《そと》に出《で》る必要《ひつよう》あるかな？」

　おそ松《まつ》がチョロ松《まつ》の手《て》を引《ひ》っぱった。

「なんだよ？　お前《まえ》は占《うらな》いもおみくじも信《しん》じないんだろ？」

「もちろんだよ。こんな紙切《かみき》れの言《い》うとおりになるわけないって」

「そうそう！　なるかならないか、ちゃんと検証《けんしょう》しなくちゃな？　俺《おれ》だってまさか実《じつ》現《げん》するとは思《おも》ってないって。というわけで、いこうぜみんな！」

　おそ松《まつ》たちが部屋《へや》を出《で》ると、残《のこ》る4人《にん》もぞろぞろついていった。

「なんだか楽《たの》しくなってきたね！」

「……ま、別《べつ》におれは興味《きょうみ》ないけど」

「フッ……オレたちは歩《あゆ》み出《だ》す。ここから

の運命《うんめい》は一方通行《いっぽうつうこう》だっ！」

「カラ松兄《まつにい》さんそれ誰《だれ》に向《む》けて言《い》ってるの？　っていうか、なんで生《い》きてるの？」

運命《うんめい》の書《か》かれた紙《かみ》を手《て》に6《む》つ子《ご》は町《まち》へと繰《く》り出《だ》していった。

◆

6《む》つ子《ご》は駅前《えきまえ》にやってきた。

普段《ふだん》からほどほどに混雑《こんざつ》していて、そこそこ賑《にぎ》わい、まあまあ栄《さか》えている町並《まちな》みだ。

なにもかもいつもどおりで、特《とく》に変《か》わったところもない。

おそ松《まつ》が残念《ざんねん》そうな顔《かお》をした。

ここにくれば事件《じけん》が起《お》こると思《おも》っていたのに、町《まち》は平和《へいわ》そのものだ。

「あーヒマだなぁ。なんか全然《ぜんぜん》なんにも起《お》こらない感《かん》じだし」

「ねえおそ松兄《まつにい》さん。あっちでなにか準備《じゅんび》してるよ」

「どーせ街頭演説《がいとうえんぜつ》とか募金《ぼきん》とか献血《けんけつ》にご協力《きょうりょく》くださいってやつだろ？　いいかトド松《まつ》。人《ひと》が集《あつ》まってるからって、それがおもしろいこととは限《かぎ》らないんだぞ。むしろ人《ひと》が普段注目《ふだんちゅうもく》してないようなところに、おもしろさを発見《はっけん》するのが、人生《じんせい》の達人《たつじん》ってやつなんだ」

広場《ひろば》のあたりでスタッフらしき人《ひと》たちがせわしなく、ステージの設営準備《せつえいじゅんび》をしていた。

おそ松的《まつてき》には、まったくわくわくしてこない。せめて準備《じゅんび》が終《お》わっていれば見《み》にいく気《き》にもなるけれど、なんのイベントであれ始《はじ》まるまでまだ時間《じかん》がかかりそうだ。

そんな中《なか》――

「フッ……さっそくきたか」

カラ松《まつ》がサングラスをつけて駅《えき》の改札《かいさつ》に向《む》かって歩《ある》き出《だ》す。

「おい、ひとりでどこいくんだよカラ松《まつ》？」

「止《と》めるなおそ松《まつ》。さあ、運命《うんめい》の扉《とびら》よ開《ひら》いてくれ！」

自動改札機《じどうかいさつき》の前《まえ》で立《た》ち止《ど》まって、カラ松《まつ》がビシッとポーズを決《き》めると――

かわいい女《おんな》の子《こ》が駆《か》け寄《よ》ってきた。

「よろしくお願《ねが》いしまーす」

女《おんな》の子《こ》はカラ松《まつ》に笑顔《えがお》で声《こえ》をかける。

「おお！　ついに始《はじ》まるのかカラ松《まつ》オブラブ⁉」

女《おんな》の子《こ》がそっと手《て》を差《さ》し出《だ》した。カラ松《まつ》も手《て》をのばす。

そして――

カラ松《まつ》は女《おんな》の子《こ》からポケットティッシュを受《う》けとると、おそ松《まつ》たちのもとに戻《もど》ってきた。

その顔《かお》はやり遂《と》げた男《おとこ》の自信《じしん》に満《み》ちあふれていた。

「フッ……とんだはずかしがり屋《や》さんだ。気持《きも》ちを言葉《ことば》にできないからって、プレゼント責《ぜ》めとはな」

サングラスを外《はず》してカラ松《まつ》がニヤリと笑《わら》う。

「いや、どう見《み》てもただのティッシュ配《くば》りのアルバイトの人《ひと》でしょ」

チョロ松《まつ》がツッコミを入《い》れた。女《おんな》の子《こ》はイベント会社《がいしゃ》のスタッフジャンパーを着《き》ていて、カラ松《まつ》だけじゃなく、道《みち》ゆく人《ひと》に手当《てあ》たり次第《しだい》に声《こえ》をかけている。

オレのだけ特別《とくべつ》ではないのか。と、いつものように勘違《かんちが》いをするカラ松《まつ》だった。

そして、おみくじをとりだして、みんなに見《み》せつける。

「占《うらな》い？　おみくじ？　ノンノン……こいつは予言《よげん》だぜブラザー」

おそ松《まつ》がブルッと身震《みぶる》いした。

「寒《さむ》ッ！　つーかお前《まえ》、自分《じぶん》で書《か》いたおみくじを当《あ》てたのかよ！」

一松《いちまつ》はずっと不機嫌《ふきげん》そうだ。

「……死《し》ねクソ松《まつ》！　三回死《かいし》ね！」

「まあまあ、みんな落《お》ち着《つ》いてよ。今《いま》のはノーカンでいいんじゃないかな？」

トド松《まつ》の意見《いけん》にカラ松《まつ》が目《め》を丸《まる》くした。

「ノーカンだと!?　ちゃんと当《あ》たったぞトッティ！　それをなかったことにしようなんて、お前《まえ》はやっぱりドライモンスターだ！」

「カラ松兄《まつにい》さん相変《あいか》わらずイタいよね〜。まあボクが言《い》うのもなんだけど、ドライモンスターの使《つか》い方《かた》まちがってると思《おも》うよ」

十四松《じゅうしまつ》が笑《わら》った。

「あははは ぁ！　残念《ざんねん》だったねカラ松兄《まつにい》さん！」

「残念《ざんねん》なのは今《いま》に始《はじ》まったことでもないよねぇ」

トド松《まつ》に追《お》い打《う》ちされて、カラ松《まつ》が力《ちから》なくうなだれた。

そんな次男《じなん》の手《て》を引《ひ》っぱって、6つ子《むつご》は駅前《えきまえ》から商店街《しょうてんがい》に向《む》かうのだった。

◆

どこからか香《こう》ばしい焼《や》きたてパンの匂《にお》いが漂《ただよ》ってくる。

「あれ!? くんくん! おお! ねえみんなーこっちこっち! すっごくいい匂《にお》いだね!」

「……十四松《じゅうしまつ》待《ま》て、落《お》ち着《つ》けって」

「早《はや》くいこうよ一松兄《いちまつにい》さん!」

十四松《じゅうしまつ》に引《ひ》っぱられるように、6つ子《むつご》はパン屋《や》さんにたどりつく。

お店《みせ》の前《まえ》で店員《てんいん》さんが試食《ししょく》を配《くば》っていた。

「新製品《しんせいひん》のどっきりピザはいかがですかー!? 焼《や》きたての試食《ししょく》をご用意《ようい》しましたー!!」

「どっきりピザだってさ! これって『おいしいもの』なんじゃねーの?」

自分《じぶん》が引《ひ》いたおみくじをおそ松《まつ》はとりだした。そこには『おいしいものが食《た》べられる』と書《か》かれている。おみくじが当《あ》たっているなら、ここでおいしいものが食《た》べられるはずだ。

チョロ松《まつ》がじーっと試食《ししょく》コーナーを見《み》つめた。

「これ、なんか変《へん》じゃないか？」

不思議《ふしぎ》そうな顔《かお》でトド松《まつ》が聞《き》く。

「変《へん》って、どこがおかしいんだいチョロ松兄《まつにい》さん？」

「ほらよく見《み》てみろよ。路上《ろじょう》で試食《ししょく》コーナーをやってるわりに、お客《きゃく》さんが集《あつ》まってないじゃないか。つまり言《い》うほどおいしくないんだよ。残念《ざんねん》だったねおそ松兄《まつにい》さん」

チョロ松《まつ》の分析《ぶんせき》を聞《き》いて、店員《てんいん》さんがいきなり説明《せつめい》を始《はじ》めた。

「お客様《きゃくさま》！　このどっきりピザ、じつはすごいんですよ！　見《み》た目《め》はどれも一緒《いっしょ》ですが、6分《ぶん》の1の確率《かくりつ》で……」

十四松《じゅうしまつ》がばんざいする。

「わかった！　辛《から》いの!?　超辛《ちょうから》いやつ!?」

店員《てんいん》さんはフフッと笑《わら》った。

「ざーんねん。6分《ぶん》の1の確率《かくりつ》で超《ちょう》おいしいんです」

一松《いちまつ》がジトッとした目《め》で店員《てんいん》さんをにらむ。

「……じゃあ、残《のこ》りは？」

「こちらのどっきりピザはアタリ以外《いがい》、ぜーんぶ激辛《げきから》となっております。うーん、なぜか売《う》れない！　なんででしょうね？　アタリのはすっごくおいしいんですけどねぇ」

「……商売《しょうばい》向《む》いてないいんじゃない」

「普通《ふつう》逆《ぎゃく》だよね!?　ロシアンルーレット的《てき》に言《い》えば辛《から》いのが一枚《まい》で残《のこ》りがセーフだよね？」

逃《に》げ腰《ごし》のチョロ松《まつ》にカラ松《まつ》がニヤリと笑《わら》った。

「フッ……恐《おそ》れることはないぞ。逆《ぎゃく》に考《かんが》えるんだチョロ松《まつ》。おそ松《まつ》が当《あ》たりを引《ひ》く確《かく》率《りつ》は6分《ぶん》の1。ここでハズレを引《ひ》けば、このおみくじはハズレってことになる。否定派《ひていは》のお前《まえ》の勝《か》ちだ。そうだろブラザー？」

真《ま》っ赤《か》なソースがはみ出《だ》したチーズピザを手《て》にとって、おそ松《まつ》が全員《ぜんいん》に言《い》う。

「ほらみんな早《はや》く食《た》べようぜ！　温《あたた》かいうちにさ」

「フッ……いいだろう。勝負《しょうぶ》だおそ松《まつ》！」

カラ松《まつ》も試食《ししょく》のピザに手《て》をつけた。

「辛《から》い料理《りょうり》って発汗作用《はっかんさよう》があるから、ダイエットに興味《きょうみ》のある女《おんな》の子《こ》に人気《にんき》なんだよね。どれだけ辛《から》いのかちょっとだけ気《き》になるし……ボクも試食《ししょく》するよおそ松兄《まつにい》さん！」

ピザでダイエットという矛盾《むじゅん》には触《ふ》れず、トド松《まつ》も1ピースとる。

「ぼくもぼくも！　ピザ食《た》べたいッ！　はい、一松兄《いちまつにい》さんも！」

「えっ！　……マジかよ」

結局《けっきょく》、ほかの兄弟《きょうだい》も全員《ぜんいん》ピザをとったので、チョロ松《まつ》もしぶしぶうなずいた。

「しょうがないな。じゃあ、もしおそ松兄《まつにい》さんがハズレを引《ひ》いたら、今日《きょう》のくじが当《あ》たるかどうかの検証《けんしょう》はおしまいだからね」

ようやく意見《いけん》がまとまった。

「「「「いっただっきまーす！」」」」

ひと口《くち》食《た》べた瞬間《しゅんかん》――

「「「「ボウエエエエエエエエエエエエエ！」」」」

おそ松《まつ》以外《いがい》の5人《にん》の唇《くちびる》が真《ま》っ赤《か》にはれて、涙《なみだ》が止《と》まらなくなった。

「うわっこれほんとうにシャレにならない辛《から》さのやつだよ。やばいよ！　やばいって！」

「ボエバアァァー!!」

十四松《じゅうしまつ》の身体《からだ》が、空気《くうき》を入《い》れすぎた風船《ふうせん》みたいにパアアアン！　と破裂《はれつ》した。

「からあああぃ！　けど、ダイエット効果《こうか》があるかもぉ……ってごめんなさい嘘《うそ》つきましたほんとうに無理《むり》です勘弁《かんべん》してくださいいぃ」

「…………死《し》ぬ」

「し、しっかりしろ一松《いちまつ》！　おぉ……ブラザーたち……オレもどうやらここまでだ……」

5人《にん》が辛《から》さで顔面汗《がんめんあせ》だくになる。

目《め》から汁《しる》が止《と》まらない。

辛《から》いというより痛《いた》いレベルだ。

そんな中《なか》、おそ松《まつ》だけが涼《すず》しい顔《かお》をしていた。

「あれ？　そんなに辛《から》いの？　つーかこのピザ超《ちょう》うまいんだけど！　うっひょー！　ごちそうさまでした！」

おそ松《まつ》は試食《ししょく》のピザをぺろりと平《たい》らげ、V《ブイ》サインを決《き》めたのだった。

◆

「ブエックション！　ブエックション！　ブエックソマツコノヤロウ！」

一松《いちまつ》のクシャミが先《さき》ほどからずっと止《と》まらない。

激辛《げきから》ピザのせいで鼻水《はなみず》がタラタラ流《なが》れっぱなしだ。

まるで壊《こわ》れた蛇口《じゃぐち》みたいだった。

まず、この企画《きかく》を考《かんが》えたおそ松《まつ》を殺《ころ》す。それから文句《もんく》ばかり言《い》うチョロ松《まつ》も殺《ころ》す。ダイエットとかぬかして、辛《から》さへの警戒《けいかい》レベルを引《ひ》き下《さ》げたトド松《まつ》も殺《ころ》す。食《た》べようと勧《すす》めてきた十四松《じゅうしまつ》ももちろん殺《ころ》す……と思《おも》ったけど、あいつは一度破裂《どはれつ》してるからまあいいか。

あと、しれっと復活《ふっかつ》してるあたり、十四松《じゅうしまつ》はヤバイ。

そして――理不尽《りふじん》な怒《いか》りを最大《さいだい》に高《たか》めて、もっとも殺《ころ》したいのはカラ松《まつ》だ。

理由《りゆう》はいらない。

一松《いちまつ》が殺意《さつい》のこもった視線《しせん》で見《み》つめると――

カラ松《まつ》は、さっき駅前《えきまえ》でもらったポケットティッシュをとりだした。

「これを使《つか》え一松《いちまつ》」

あの空気《くうき》も読《よ》めないクソ松《まつ》が、がらにもなくまともな気《き》づかいをしてきた。なにか裏《うら》があるのではと一松《いちまつ》は身構《みがま》える。

「どうした一松《いちまつ》？　遠慮《えんりょ》はいらないぞ」

ウザイ……だが、鼻水《はなみず》が止《と》まらない。このままだと呼吸困難《こきゅうこんなん》になりそうだ。ほかの兄弟《きょうだい》たちがティッシュなんて気《き》の利《き》いたものを持《も》っている可能性《かのうせい》はなかった。

一松《いちまつ》は苦悩《くのう》する。苦悩《くのう》する間《あいだ》も鼻水《はなみず》はあふれ続《つづ》ける。

「チッ……」

一松《いちまつ》は誘惑《ゆうわく》にあらがえなかった。もう顔《かお》の下半分《したはんぶん》が鼻水《はなみず》でぐちゃぐちゃだ。

「……別《べつ》に感謝《かんしゃ》とかしねーシックションシネクソマツ！」

一松《いちまつ》はもらった……いやむしろ、奪《うば》ったティッシュではなをかむ。

あっという間《ま》にティッシュをほとんど使《つか》いきってしまった。

カラ松《まつ》にしては気《き》が利《き》いていたので、一松《いちまつ》としては不本意《ふほんい》ながら、今回《こんかい》だけは殺《ころ》すのを見送《みおく》ってやることにした。

「……なんかティッシュじゃない紙《かみ》が入《はい》ってるな……ま、どうでもいいけど」

よく確認《かくにん》もせず、一松《いちまつ》は残《のこ》り少《すく》ないティッシュをポケットにしまいこんだ。

6人《にん》は商店街《しょうてんがい》を抜《ぬ》けて河原《かわら》へとやってきた。

なにやら子《こ》どもたちの声《こえ》で騒《さわ》がしい。

見《み》れば土手《どて》の下《した》に広《ひろ》がる野球場《やきゅうじょう》で、小学生《しょうがくせい》くらいの子《こ》たちが集《あつ》まって試合《しあい》をしていた。いくら河原《かわら》の広場《ひろば》でも、いつも誰《だれ》かが野球《やきゅう》をしているわけじゃない。それなのにこのタイミングで出《で》くわすなんて、ラッキーすぎる。おそ松《まつ》は笑顔《えがお》で言《い》った。

「よし！　ちょろっと見学《けんがく》しにいこうぜ！」

十四松《じゅうしまつ》が声《こえ》を上《あ》げる。

「野球《やきゅう》！　あははっ！　やきゅ――――う!!」

すぐにチョロ松《まつ》が首《くび》を左右《さゆう》に振《ふ》った。

「野球《やきゅう》なんてテレビで観《み》ればいいじゃん。それに僕《ぼく》らがいったら邪魔《じゃま》になるんじゃや……」

ここまで偶然《ぐうぜん》とはいえ、ふたつの出来事《できごと》がおみくじどおりになっている。もちろんどちらもあり得《え》ないことじゃない。

おそ松《まつ》はムッとした顔《かお》でチョロ松《まつ》につめ寄《よ》った。

「お前《まえ》さっきからなにかにつけて文句《もんく》ばっか言《い》うよな？　ノリが悪《わる》いぞチョロ松《まつ》」

「いや、そんなつもりはないんだけど」

「じゃあいいよな？　ほらいくぞみんな！」

「フッ……いいだろう」

「……うぃーす」

「ハッスルハッスル！　マッスルマッスル！」

「十四松兄《じゅうしまつにい》さん落《お》ち着《つ》いて」

口々《くちぐち》に言《い》いながら6人《にん》は土手《どて》を降《お》りる。

試合《しあい》はこの町《まち》の子《こ》どもたちと、となり町《まち》のチームで行《おこな》われていた。

もう九回裏《かいうら》だ。となり町《まち》チームのリードは三点《てん》。

二死満塁《にしまんるい》。ここで一発《いっぱつ》が出《で》ればサヨナラという場面《ばめん》だった。

6つ子《むつご》が向《む》かっていくと子《こ》どもたちが集《あつ》まってきた。

野球帽《やきゅうぼう》をかぶった男《おとこ》の子《こ》がおそ松《まつ》たちにつめ寄《よ》る。

「ねえねえお兄《にい》ちゃんたち！　誰《だれ》でもいいから代打《だいだ》やってよ！」

おそ松《まつ》が首《くび》をかしげた。

「代打《だいだ》？　俺《おれ》たちが？」

子《こ》ども同士《どうし》の試合《しあい》なのに？

子《こ》どものケンカに大人《おとな》が口出《くちだ》しするのはいかがなものか。そこはクソニートの自覚《じかく》はあっても、どうかな？　と、思《おも》うところだ。

チョロ松《まつ》が「まさか助太刀《すけだち》しないよね？　僕《ぼく》ら大人《おとな》なんだし」とくぎをさしてくる。

野球帽《やきゅうぼう》の男《おとこ》の子《こ》は相手《あいて》チームのピッチャーを指《ゆび》さした。

「やってよやってよ！　向《む》こうのチームには野球部《やきゅうぶ》の中学生《ちゅうがくせい》がいるんだ。ずるいんだよ！」

助《すけ》っ人《と》ってやつか。それならこちらも助《すけ》っ人《と》で対抗《たいこう》するのは、ありっちゃありだとおそ松《まつ》は考《かんが》えた。

先《さき》にズルをしたのは相手《あいて》なんだし、ここで打《う》ったらスカッとしそうだ。

「そっかぁ。どうする十四松《じゅうしまつ》？」

「えっ!?」

急《きゅう》に聞《き》かれて十四松《じゅうしまつ》は変《へん》な声《こえ》を上《あ》げた。

「いや、代打《だいだ》だってさ？」

「打《う》ちたい！　でも今日《きょう》はやめとく！」

「なんで？」

おそ松《まつ》が首《くび》をかしげると、十四松《じゅうしまつ》はうつむきながら言《い》った。少《すこ》しだけ残念《ざんねん》そうだ。

「だってー……ぼくのおみくじは違《ちが》うから」

「おお……そうか」

普段《ふだん》はルールを守《まも》るより壊《こわ》すことばかりの十四松《じゅうしまつ》が、意外《いがい》にもルールを守《まも》っていた。

「じゃ、じゃあ誰《だれ》が『ホームラン』のおみくじを引《ひ》いたんだ？」

一松《いちまつ》が小《ちい》さく手《て》を挙《あ》げた。

「……おれだけど」

「マジか！　よし！　一発《いっぱつ》かましてこい一松《いちまつ》」

おそ松《まつ》はどんっ！　と、一松《いちまつ》の背中《せなか》を押《お》した。

子《こ》どもたちが一斉《いっせい》に一松《いちまつ》の足下《あしもと》を取《と》り囲《かこ》む。

「お兄《にい》ちゃんが打《う》ってくれるの？」

「ホームランで逆転《ぎゃくてん》サヨナラだよ！」

「お願《ねが》いお兄《にい》ちゃん！　ぼくら絶対《ぜったい》にあいつらには負《ま》けたくないんだ！」

キラキラとした瞳《ひとみ》で見《み》つめられて、一松《いちまつ》の心臓《しんぞう》の音《おと》がバクンバクンと大《おお》きくなった。

誰《だれ》かに期待《きたい》されることに慣《な》れていない。純粋《じゅんすい》なまなざしで憧《あこが》れられるのは辛《つら》すぎる。

感謝《かんしゃ》も期待《きたい》も必要《ひつよう》ない。それは全部《ぜんぶ》、一松《いちまつ》にとって重荷《おもに》でしかなかった。

おれはダメだ。ダメ人間《にんげん》だ。誰《だれ》かのためにしてやれることなんて、これっぽっちも持《も》ち合《あ》わせていないんだ。

期待《きたい》を裏切《うらぎ》り続《つづ》けることしかできないおれを、なぜ求《もと》めるんだ子《こ》どもたち。

「……もしホームランが打《う》てなかったら……どうなるんだ？」

野球帽《やきゅうぼう》の男《おとこ》の子《こ》が泣《な》き出《だ》しそうな顔《かお》になった。

「今日《きょう》負《ま》けたら、この球場《きゅうじょう》が一年間《ねんかん》あいつらのものになっちゃうんだ」

ほかの子《こ》たちも口々《くちぐち》に言《い》う。

「もう野球《やきゅう》できなくなっちゃうよ」

「そんなのやだよー！」

「お兄《にい》ちゃんお願《ねが》い！　ホームラン打《う》って！」

バクンバクンバクンバクンバクンバクンバクンバクンッ!!

耐《た》えきれない。今《いま》にも心臓《しんぞう》が胸《むね》を突《つ》き破《やぶ》って飛《と》び出《だ》しそうだ。

押《お》し寄《よ》せる緊張感《きんちょうかん》に一松《いちまつ》は絶叫《ぜっきょう》した。

「無理《むり》だあああああああああああああ！　プレッシャーで死《し》ぬから！　十四松交換《じゅうしまつこうかん》だ！」

「えっ!?」

一松《いちまつ》は十四松《じゅうしまつ》を呼《よ》ぶと、自分《じぶん》のおみくじと十四松《じゅうしまつ》の持《も》っていたおみくじを取《と》り替《か》えっこする。

「……これでお前《まえ》が『ホームラン』だ」

「えー——いいの？　一松兄《いちまつにい》さん？」

十四松《じゅうしまつ》のテンションが一気《いっき》に上《あ》がっていく。一松《いちまつ》は解放《かいほう》されたからなのか、見《み》たこともない柔《やわ》らかな顔《かお》になっていた。

「……ああ。頼《たの》む」

「やったあああああああああああああああ！　ぼくが打《う》つよ！　バットはどれを使《つか》えばいいかな？」

子《こ》どもたちが「わあああああ！」と声《こえ》を上《あ》げた。

「がんばってね黄色《きいろ》のお兄《にい》ちゃん！」

野球帽《やきゅうぼう》の男《おとこ》の子《こ》から金属《きんぞく》バットを受《う》けとると、十四松《じゅうしまつ》は軽《かる》く素振《すぶ》りをしてみた。

ブンッ！　ブンッ！　ブンッ！　ブンッ！

すごい迫力《はくりょく》のスイングに敵《てき》チームのピッチャーの目《め》の色《いろ》が変《か》わった。

審判《しんぱん》に一礼《いちれい》して、十四松《じゅうしまつ》はバッターボックスに入《はい》る。

「プレイ！」

かけ声《ごえ》に合《あ》わせて十四松《じゅうしまつ》はぎゅっとバットのグリップを握《にぎ》りこんだ。

まっすぐ相手《あいて》ピッチャーを見据《みす》える。

相手《あいて》チームのピッチャーがセットポジションから、一球目《いっきゅうめ》を投《な》げる。

高《たか》めに外《はず》れたボール球《だま》だ。
「ふんぬうううううううううううううううううううう————！」
十四松《じゅうしまつ》がフルスイングすると——
カッキ————————————————————ン！
普通《ふつう》の打者《だしゃ》なら見逃《みのが》すような悪球《あっきゅう》を、十四松《じゅうしまつ》のバットは見事《みごと》に捉《とら》えた。
打球《だきゅう》はぐんぐんのびていき、野手《やしゅ》たちの頭上《ずじょう》を越《こ》える。
レフトの守備《しゅび》をしていた外野手《がいやしゅ》が足《あし》を止《と》めて打球《だきゅう》を見送《みおく》った。
ボールは川《かわ》の真《ま》ん中辺《なかあた》りまで飛《と》ぶと、ぽちゃんと落《お》ちる。
超特大《ちょうとくだい》の場外《じょうがい》への一発《いっぱつ》だ。
十四松《じゅうしまつ》がおたけびを上《あ》げる。
「あははっ！　サヨナラ満塁特大《まんるいとくだい》ホームラ————ンッ！」
塁《るい》を埋《う》めていたランナーが次々《つぎつぎ》とホームに戻《もど》ってきた。
ダイヤモンドを一周《いっしゅう》して、十四松《じゅうしまつ》が最後《さいご》にホームベースを踏《ふ》む。
ワアアアアアアアアアアアアアアアアアアアアアアアアアアアッ！

子《こ》どもたちが声《こえ》を上《あ》げてよろこんだ。

おそ松《まつ》が兄弟《きょうだい》たちに言《い》う。

「みんな胴上《どうあ》げだ！」

チョロ松《まつ》はひとり、棒立《ぼうだ》ちのまま目《め》を丸《まる》くした。またひとつ、おみくじの内容《ないよう》が実現《じつげん》してしまった。

いやいやしかしこれもノーカンだと、チョロ松《まつ》は声《こえ》を上《あ》げる。

「今《いま》のはおみくじを交換《こうかん》したからじゃなくて、相手《あいて》が子《こ》どもだからホームランが打《う》てたんだよね？　十四松《じゅうしまつ》の実力《じつりょく》で、おみくじは関係《かんけい》ないんだよね？」

「いいからお前《まえ》も胴上《どうあ》げを手伝《てつだ》えチョロ松《まつ》！　せっかくの弟《おとうと》の晴《は》れ舞台《ぶたい》に余計《よけい》な口《くち》を挟《はさ》むなよ！」

「え、えええと……うん……ごめん」

ワーッショイ！　ワーッショイ！　ワーッショイ！　ワーッショイ！

「ハッスルハッスル！　マッスルマッスル！」

子《こ》どもたちの歓声《かんせい》に包《つつ》まれて、十四松《じゅうしまつ》の胴上《どうあ》げはしばらく続《つづ》いたのだった。

◆

ホームランボールが川《かわ》に落《お》ちてしまったので、十四松《じゅうしまつ》は記念《きねん》に金属《きんぞく》バットをもらった。

「ホームランバットって聞《き》いたことないんだけど」

難《むずか》しい顔《かお》をしているのはチョロ松《まつ》だけだ。

野球少年《やきゅうしょうねん》たちと別《わか》れると、6つ子《むつご》はもう一度駅前《どえきまえ》に向《む》かうことにした。

ぶらぶら歩《ある》きながら、おそ松《まつ》が確認《かくにん》する。

「えーっと、残《のこ》ってるおみくじってなんだっけ？」

トド松《まつ》が返《かえ》した。

「えっと、たしか『女《おんな》の子《こ》に声《こえ》をかけられる』と『おいしいものが食《た》べられる』と『ホームランが打《う》てる』が終《お》わったからぁ……残《のこ》ってるのは『アイドルと握手《あくしゅ》できる』と『お金《かね》を手《て》に入《い》れる』かな？」

一松《いちまつ》がニヤリと笑《わら》う。

「……それと『大爆発《だいばくはつ》に巻《ま》きこまれる』も残《のこ》ってる」

おそ松《まつ》がうなずいた。ここからが本番《ほんばん》だ。一番《いちばん》のお楽《たの》しみに向《む》けて順調《じゅんちょう》におみくじが当《あ》たり続《つづ》けていた。

「いやぁマジで楽《たの》しみだな！　大爆発《だいばくはつ》！」

チョロ松《まつ》がブンブンと首《くび》を左右《さゆう》に振《ふ》る。

「みんなおかしいよ。ここまでずっと偶然《ぐうぜん》が続《つづ》いてるけど、『アイドルと握手《あくしゅ》できる』なんて、そうそうあり得《え》ないことだからね！　つまり『お金《かね》を手《て》に入《い》れる』と『大爆発《だいばくはつ》に巻《ま》きこまれる』も起《お》こらないんだよ」

再《ふた》び6つ子《むつご》が駅前《えきまえ》に戻《もど》ってくると、広場《ひろば》の方《ほう》に人《ひと》だかりができていた。

ワアアアアアアアアアアアアアアアアアアアア！

ミニステージの上《うえ》で、アイドルの橋本《はしもと》にゃーが歌《うた》い終《お》えたところだった。

チョロ松《まつ》が悲鳴《ひめい》を上《あ》げる。

「えええええっ!?　なんでにゃーちゃんが歌《うた》ってるの!?」

一松《いちまつ》がポケットからティッシュをとりだした。

「……もしかしてこれじゃない？」

ティッシュの広告《こうこく》には「路上《ろじょう》シークレットミニライブ開催《かいさい》」と書《か》かれていた。

さっき駅前《えきまえ》で準備《じゅんび》していたのは、このイベントのためのステージづくりだったようだ。

「……ヘックション」

また鼻水《はなみず》がぶり返《かえ》してきた一松《いちまつ》が、残《のこ》りのティッシュを使《つか》いきる。

これでティッシュは空《から》っぽだ。

残《のこ》った広告《こうこく》の裏《うら》に「大当《おおあ》たり！　橋本《はしもと》にゃー握手券《あくしゅけん》」と印刷《いんさつ》されていた。

「……なにこれ」

一松《いちまつ》は握手券《あくしゅけん》をとりだして空《そら》にかざす。

「……ゴミだな」

チョロ松《まつ》の目《め》の色《いろ》が変《か》わった。

「ちょちょちょちょちょっと！　それ……こ、交換《こうかん》して！　いや、してくださいどうかお願《ねが》いします一松様《いちまつさま》！　さっき十四松《じゅうしまつ》と交換《こうかん》したよね？　だからいいよね？　一松《いちまつ》は別《べつ》に、にゃーちゃんのファンじゃないでしょ？　ネコ好《ず》きがネコミミアイドル好《ず》きとは限《かぎ》らないわけだし」

「……ケッ……ネコのかわいさにただ乗《の》りしてるだけのやつか」

「お、お前《まえ》そんな言《い》い方《かた》はないだろ！　あああにゃーちゃんかわいいよにゃーちゃん！

にゃーちゃんと握手《あくしゅ》するのにどれだけの自己投資《じことうし》が必要《ひつよう》か、一松《いちまつ》わかってるの？」

「……うぜぇ」

「うーざーくない！　ああもうほんとうにお願《ねが》いだからください！　どうかお恵《めぐ》みください一松様《いちまつさま》！」

ステージのわきに人《ひと》の列《れつ》ができ始《はじ》めた。今日《きょう》、幸運《こううん》にも当《あ》たりの入《はい》ったティッシュを手《て》に入《い》れたお客《きゃく》さんたちが、握手会《あくしゅかい》のために並《なら》び出《だ》している。

一松《いちまつ》は握手券《あくしゅけん》を指《ゆび》でつまむと、ヒラヒラとあおぐように宙《ちゅう》に泳《およ》がせた。

「……そんなに欲《ほ》しいか？」

「欲《ほ》しいです！　お慈悲《じひ》を！　お恵《めぐ》みを！」

「……悪《わる》いな。あんま興味《きょうみ》ないけど……そっちと交換《こうかん》するのだけはごめんなんで」

一松《いちまつ》は人混《ひとご》みに向《む》けて歩《ある》き出《だ》すと、ササッと握手会《あくしゅかい》の列《れつ》に並《なら》んだ。

口元《くちもと》をニヤつかせる。一松《いちまつ》の顔《かお》は「ゲス」一色《いっしょく》だった。

「待《ま》ってくれえええええええええええええええええええ！」

おそ松《まつ》が十四松《じゅうしまつ》に言《い》う。

「十四松《じゅうしまつ》……チョロ松《まつ》にコブラツイスト！」

どこからかとりだしたレスラー風《ふう》の覆面《ふくめん》をかぶって、十四松《じゅうしまつ》がチョロ松《まつ》をつかまえる。

「待《ま》って一松《いちまつ》ッ！　にゃーちゃあああああああああああああああん！」

十四松《じゅうしまつ》がチョロ松《まつ》の背後《はいご》に回《まわ》りこみ、プロレス技《わざ》をかけた。チョロ松《まつ》は悲鳴《ひめい》を上《あ》げる。

「あ――――！」

「つしゃこらぁ――――!!」

「あ――――!!」

「ばっちこ――――――――い！！！」

「あ――――！！！」

叫《さけ》び声《ごえ》を上《あ》げるチョロ松《まつ》に、十四松《じゅうしまつ》はプロレス技《わざ》をかけ続《つづ》けた。完全《かんぜん》に関節《かんせつ》がきまってチョロ松《まつ》は身動《みうご》きがとれない。

「うわあああああああああああ！　お願《ねが》い待《ま》ってえええええ！　お願《ねが》いだからああああああああああ！」

コブラツイストをかけられながら、チョロ松《まつ》の絶叫《ぜっきょう》がこだまし続《つづ》けた。

◆

アイドルとの握手《あくしゅ》をすませて一松《いちまつ》が戻《もど》ってくる。

正直興味《しょうじききょうみ》はなかったが、手《て》は柔《やわ》らかくていい匂《にお》いもした。ネコミミもまあ悪《わる》くないかと、一松《いちまつ》は思《おも》う。

コブラツイストを解《と》かれたチョロ松《まつ》が、一松《いちまつ》にすり寄《よ》ってきた。

「せめて握《にぎ》らせて！　にゃーちゃんの握《にぎ》りたての手《て》を握《にぎ》らせて」

「……嫌《いや》だよ気持《きも》ち悪《わる》い」

「なあ一松《いちまつ》、どうだった？　温《あたた》かかった？　柔《やわ》らかかった？　いい匂《にお》いがした？」

「……すんごくよかった。うまく言葉《ことば》にできないのが悔《く》やまれるくらいだ」

チョロ松《まつ》の顔《かお》が絶望《ぜつぼう》と嫉妬《しっと》のまざった、とんでもないものに変《か》わる。そんな反応《はんのう》を、一《いち》松《まつ》はにやつきながら存分《ぞんぶん》に楽《たの》しんだ。にゃーちゃんと握手《あくしゅ》できたことよりも、チョロ松《まつ》の悔《くや》しがる姿《すがた》を見《み》られたことに満足《まんぞく》したらしい。

トド松《まつ》が「やれやれ」という顔《かお》になって言《い》う。

「チョロ松兄《まつにい》さんって、アイドルがからむとほんっとにダメ人間《にんげん》になるよね」

おそ松《まつ》が愉快《ゆかい》そうに笑《わら》った。

「チョロ松《まつ》って普段《ふだん》はまともっぽいよな。けどさ、なにもなくたって十分《じゅうぶん》に俺《おれ》たちと同《おな》じ暗黒大魔界《あんこくだいまかい》クソ闇地獄《やみじごく》ど底辺《ていへん》だぜ？」

続《つづ》けてカラ松《まつ》がうなずいた。やはりどこまでいっても兄弟《きょうだい》は兄弟《きょうだい》だと理解《りかい》している。

「そうだな。ところで……残《のこ》りの予言《よげん》はなんだったたかなブラザー？」

トド松《まつ》がにっこり笑《わら》った。

「そうだ！　ボク、ちょっと用事《ようじ》を思《おも》い出《だ》したんですませてくるね。うん、別《べつ》にそんなたいしたことじゃないから」

歩《ある》き出《だ》そうとするトド松《まつ》の肩《かた》を、チョロ松《まつ》がぐいっとつかんだ。

今日《きょう》はもう踏《ふ》んだり蹴《け》ったりだ。みんなして幸《しあわ》せになるのが許《ゆる》せないらしい。

「なあ、どこに用事《ようじ》なんだトッティ？　僕《ぼく》さ……ヒマだから一緒《いっしょ》についていってやるよ」

「いいよチョロ松兄《まつにい》さん。というかチョロ松兄《まつにい》さんだけはついてこないでマジで」

「そんなにつれないこと言《い》うなよ。どこに逃《に》げようと地獄《じごく》の果《は》てまで追《お》いかけるから」

カラ松《まつ》もトド松《まつ》のとなりにすり寄《よ》ってきた。

残《のこ》るふたつのうち、片方《かたほう》は天国《てんごく》に通《つう》じる扉《とびら》でもう一方《いっぽう》は地獄《じごく》への片道切符《かたみちきっぷ》だった。

トド松《まつ》とチョロ松《まつ》のどっちが地獄《じごく》いきの特急乗車券《とっきゅうじょうしゃけん》を持《も》っているかは、今日《きょう》の態度《たいど》で丸《まる》わかりだ。

「なあトッティ。困《こま》ったことがあったらいつでも相談《そうだん》に乗《の》れるよう、オレもついていくぜ！」

「ぼくもいるよ！」

プロレスの覆面《ふくめん》をかぶり金属《きんぞく》バットで素振《すぶ》りをしながら、十四松《じゅうしまつ》も名乗《なの》りを上《あ》げる。

「……おれも」

一松《いちまつ》も潜水艦《せんすいかん》のように、静《しず》かにそっとトド松《まつ》をマークした。

「みんなどいたどいた。トッティが迷惑《めいわく》がってるだろ？　ま、もちろん長男《ちょうなん》の俺《おれ》にだけは頼《たよ》ってくれるよな？　その分《ぶん》、たっぷりお礼《れい》してくれよ？」

おそ松《まつ》は堂々《どうどう》とトド松《まつ》にくっついてくるつもりだ。

トド松《まつ》は思《おも》った。

（――クズだ！　クズすぎるよこいつら！　すっかりボクが『お金《かね》を手《て》に入《い》れる』って思《おも》いこんで、おごらせる気《き》まんまんじゃないか!!）

ポケットの中《なか》のくじを握《にぎ》りしめ、心《こころ》の中《なか》で叫《さけ》んだトド松《まつ》だが……ふと気《き》づいた。

このままチョロ松《まつ》も一緒《いっしょ》に行動《こうどう》するとなると、いろんな意味《いみ》でまずい。

「ええと、じゃあ誰《だれ》かチョロ松兄《まつにい》さんの足止《あしど》めをして欲《ほ》しいんだけど。卍固《まんじがた》めでもコブラツイストでもいいからさ。ええと、もちろんお礼《れい》はするよ？」

おそ松《まつ》もカラ松《まつ》も一松《いちまつ》も十四松《じゅうしまつ》も、サッとトド松《まつ》から目《め》をそらす。

チョロ松《まつ》がトド松《まつ》に、息《いき》がかかるくらいまで顔《かお》を近《ちか》づけてきた。

死《し》んだ魚《さかな》のような目《め》をしながらチョロ松《まつ》は言《い》う。

「残念《ざんねん》だったなトッティ。みんな僕《ぼく》と心中《しんじゅう》……じゃない、一緒《いっしょ》に行動《こうどう》する気《き》はないみたいだ。で、どこにいくんだ？」

「え、ええとぉ……」

おそ松《まつ》がトド松《まつ》の手《て》をぐいっと引《ひ》っぱった。

「俺《おれ》にいい考《かんが》えがある！　ついてこいよ！」

「え？　でも……」

「いいからいいから！」

おそ松《まつ》に引《ひ》っぱられてトド松《まつ》は歩《ある》き出《だ》した。がっちり手首《てくび》をつかまれていて逃《に》げられそうにない。

ほかの兄弟《きょうだい》たちもそれについていく。一番後《いちばんうし》ろを歩《ある》くのはチョロ松《まつ》だった。

感情《かんじょう》のこもっていない声《こえ》で、最後尾《さいこうび》から兄弟《きょうだい》たちの背中《せなか》に語《かた》りかける。

「いや、おみくじだろうが占《うらな》いだろうが僕《ぼく》は信《しん》じてないから。だからみんな安心《あんしん》してよ。

ほんとうに心配性《しんぱいしょう》だなぁ。大丈夫《だいじょうぶ》だって……ははは……ふふふ」

乾《かわ》いた笑《わら》い声《ごえ》に誰《だれ》も振《ふ》り返《かえ》らない。おそ松《まつ》が早足《はやあし》になった。

「ちょっと兄《にい》さん、速《はや》いよ！」

つられてトド松《まつ》も駆《か》け足気味《あしぎみ》になる。

「えっ！　盗塁《とうるい》!?　あははっぼくが一番《いちばん》うまいよ！」

十四松《じゅうしまつ》が全速力《ぜんそくりょく》で走《はし》り出《だ》した。

「……チッ……クソ松《まつ》があいつをなんとかしろよ」

「フッ……無理《むり》だ。ああなったチョロ松《まつ》は誰《だれ》にも止《と》められない」

結局全員《けっきょくぜんいん》でかけっこ状態《じょうたい》になり、しばらく町《まち》のあちこちを走《はし》り続《つづ》けた末《すえ》、ようやく大《おお》きな建物《たてもの》の前《まえ》でおそ松《まつ》が立《た》ち止《ど》まった。

「よーし、ここだ！　到着《とうちゃく》っと！」

６つ子《むつご》がたどりついたのは——銀行《ぎんこう》だ。

トド松《まつ》が声《こえ》を上《あ》げる。

「いや、いくらなんでも露骨《ろこつ》っていうか……ここにはまちがいなくお金《かね》はあるよ？　だけど犯罪《はんざい》はダメだっておそ松兄《まつにい》さん！」

「大丈夫《だいじょうぶ》だってトド松《まつ》。とりあえず中《なか》に入《はい》ろうぜ」

「ええぇ……」

「どうせ手《て》に入《い》れるなら大金《たいきん》の方《ほう》がいいだろ？」

トド松《まつ》と肩《かた》を組《く》んでおそ松《まつ》が中《なか》に入《はい》る。

「ぼくもぼくも！」

プロレスマスクをつけて金属《きんぞく》バットを振《ふ》り回《まわ》しながら、十四松《じゅうしまつ》がおそ松《まつ》たちを追《お》いかけていった。

「……あれ、やばくないか？」

「オー！　じゅうしまあああああっ！　覆面《ふくめん》に金属《きんぞく》バットで銀行《ぎんこう》はダメだぞじゅうしまあああつ！」

一松《いちまつ》とカラ松《まつ》もあわてて中《なか》へ。

「まったくみんな大《おお》げさだなぁ……ふふ……ふは……あはははは」

チョロ松《まつ》が最後《さいご》に建物《たてもの》の中《なか》に入《はい》った。

営業時間中《えいぎょうじかんちゅう》なのに、銀行内《ぎんこうない》はがらんとしている。

十四松《じゅうしまつ》と似《に》たようなプロレスのマスクをつけた男《おとこ》たちが7～8人《にん》、手《て》に警棒《けいぼう》や鉄《てつ》パイプを持《も》ってうろついていた。

どこからどう見《み》てもお客《きゃく》さんという感《かん》じじゃない。

十四松《じゅうしまつ》が金属《きんぞく》バットで素振《すぶ》りを始《はじ》める。

「あれ？　場外乱闘《じょうがいらんとう》!?　負《ま》けないよー。バッチコーーーイ!!」

男《おとこ》たちの中《なか》でもいちばん目立《めだ》つ金色《きんいろ》マスクの男《おとこ》が、銀行《ぎんこう》の支店長《してんちょう》を怒鳴《どな》りつけた。

「いいから早《はや》く用意《ようい》しろ!!」

金色《きんいろ》マスクの男《おとこ》は右手《みぎて》に拳銃《けんじゅう》を持《も》っていた。銃口《じゅうこう》はずっと支店長《してんちょう》に向《む》けられている。

左腕《ひだりうで》には大《おお》きな黒《くろ》いカバンを、わきに挟《はさ》むようにして抱《かか》えていた。

ブンッ！　ブンッ！　ブンッ！　ブンッ！

十四松《じゅうしまつ》が空気《くうき》も読《よ》まずに素振《すぶ》りを続《つづ》ける。

「ん？　なんだテメェら!?　つうかそこの黄色《きいろ》いマスクのお前《まえ》。素振《すぶ》りすんじゃねぇよ！

持《も》ち場《ば》につけ」

「えっ!?　持《も》ち場《ば》ってなに？」

十四松《じゅうしまつ》が驚《おどろ》いたような声《こえ》を出《だ》す。

「持《も》ち場《ば》は持《も》ち場《ば》だっての。いいからとりあえず素振《すぶ》りはやめろ」

「あい！」

十四松《じゅうしまつ》は素直《すなお》にうなずいた。

金色《きんいろ》マスクの男《おとこ》と十四松《じゅうしまつ》のやりとりに、おそ松《まつ》は目《め》を丸《まる》くしつつも、すかさず――

「ちょっと待《ま》て十四松《じゅうしまつ》！　やっぱこれ銀行強盗《ぎんこうごうとう》じゃん!?　しかも拳銃《けんじゅう》まで持《も》ってるよ」

カラ松《まつ》がビクビクとあたりを見回《みまわ》した。

「こ、これは……フッ……お邪魔《じゃま》しました」

逃《に》げようとしたのだが、金色《きんいろ》マスクの部下《ぶか》たちに出入《でい》り口《ぐち》をとおせんぼされてしまった。

部下《ぶか》たちが輪《わ》になって6つ子《むご》を取《と》り囲《かこ》む。

その輪《わ》がじわじわ狭《せま》くなっていった。

「……なんかこれ……マジでやばくないか？」

「え!?　やばいの？」

一松《いちまつ》と十四松《じゅうしまつ》がお互《たが》いに顔《かお》を見合《みあ》わせた。

「……もしかしたらお前《まえ》だけ助《たす》かるかもしれないけど」

「どうして？」

「……いや、なんでもない」

金色《きんいろ》マスクが十四松《じゅうしまつ》に言《い》う。

「おい黄色《きいろ》いの！　なにサボってんだよ！」

「えっ!?　サボってないよ、ちゃんと素振《すぶ》りしてたし！」

「お前《まえ》が出入《でい》り口《ぐち》の見張《みは》りじゃなかったのか？」

「違《ちが》うよ！」

命知《いのちし》らずな十四松《じゅうしまつ》だが、あまりにも普通《ふつう》に受《う》け答《こた》えするので、強盗団《ごうとうだん》の誰《だれ》もがそこまで疑《うたが》いもしなかった。

「こんなやついたっけ？」

「俺《おれ》らはお互《たが》いにほんとうの顔《かお》を知《し》らないからな」

「プロレスマスク強盗団《ごうとうだん》は、素顔《すがお》を見《み》られたら追放《ついほう》という血《ち》の掟《おきて》だ」

「つーか誰《だれ》が誰《だれ》だかわからん」

部下《ぶか》たちがざわついた。金色《きんいろ》マスクがもう一度怒鳴《どな》る。

「さっきからなにやってんだテメェら！　使《つか》えねぇぼんくらどもだな！」

部下《ぶか》のひとり——黒《くろ》いマスクをした男《おとこ》が声《こえ》を上《あ》げた。

「つーか、なんでお前《まえ》がリーダーやってんだよ」

「そりゃあマスクが金《きん》だからだろ！」

「マスクの色《いろ》でリーダーを決《き》めるとかありえないだろ！　俺《おれ》が仕切《しき》るから拳銃《けんじゅう》をよこせ！」

黒《くろ》マスクが言《い》うと、ほかの強盗《ごうとう》たちも「いや俺《おれ》がリーダーやるよ！」やら「ここはじゃんけんにしようぜ！」だの「公平《こうへい》に投票《とうひょう》で決《き》めよう」などと騒《さわ》ぎ出《だ》した。

「ともかく金《きん》マスクの俺《おれ》がリーダーだ」

「いや俺《おれ》がリーダーやるから、そっちのカバンもよこせよ！　口《くち》ばっかりのクズが！」

内輪《うちわ》もめを始《はじ》めた強盗団《ごうとうだん》を見《み》てトド松《まつ》は思《おも》った。

（——うわぁ……なんだか他人事《ひとごと》には思《おも》えないかも。けど今《いま》のうちに逃《に》げれば……）

忍《しの》び足《あし》で抜《ぬ》け出《だ》そうとしたトド松《まつ》の肩《かた》を、おそ松《まつ》がぐいっとつかむ。

「ここで逃《に》げたら大金《たいきん》を逃《のが》すかもしれないぞ？」

「ええ……やめようよ、こういうの」

6つ子《むつご》が逃《に》げるかどうかまごついているそばで、金《きん》マスクと黒《くろ》マスクがカバンを引《ひ》っぱり合《あ》った。

「「うおっとっとっとっと！」」

引《ひ》いたり力《ちから》を抜《ぬ》いたりを繰《く》り返《かえ》すうち、ふたりのマスク男《おとこ》はぐらりとバランスを崩《くず》した。

手《て》からカバンが放《ほう》り出《だ》される。

宙《ちゅう》を舞《ま》ったカバンが——トド松《まつ》のもとに飛《と》んできた。

「よっと！」

十四松《じゅうしまつ》が「ナイスキャッチ！」と声《こえ》をかける。

トド松《まつ》はカバンをぎゅーっと抱《だ》きしめた。

「た、たたた、大金《たいきん》が手《て》に入《はい》っちゃった!?　ずっしり重《おも》たいよ！　何億円《なんおくえん》くらい入《はい》ってるんだろ」

カラ松《まつ》が大《おお》あわてで言《い》う。

「いやさすがにまずいだろトッティ！　オレたちは強盗《ごうとう》をしにきたんじゃないぞ！　さあ、危険《きけん》だからまずはそのカバンをこっちによこすんだ。後《あと》のことはオレが引《ひ》き受《う》けた！」

「カラ松兄《まつにい》さん欲望《よくぼう》がはみ出《で》すぎだから！」

カバンを持《も》ったままトド松《まつ》が叫《さけ》ぶ。

マスクの強盗団《ごうとうだん》があっという間《ま》にトド松《まつ》を取《と》り囲《かこ》んだ。

「あのカバンを手《て》にしたやつが次《つぎ》のリーダーだ！　あれがなきゃ計画《けいかく》がパーだからな！」

「う、うわあああ！　カラ松兄《まつにい》さんパス！　後《あと》のことは引《ひ》き受《う》けてくれるんでしょ？」

トド松《まつ》はカバンをカラ松《まつ》に押《お》しつけた。お金《かね》よりも身《み》の安全《あんぜん》が第《だい》一だ。お金持《かねも》ちになって死ぬよりも、今《いま》の自分《じぶん》を大事《だいじ》にしたい。それがトド松《まつ》だ。

ずしっと重《おも》たいカバンを抱《だ》いたカラ松《まつ》に、マスクの男《おとこ》たちが押《お》し寄《よ》せる。

「お、おおお落《お》ち着《つ》け。話《はな》せばわかる！　話《はな》し合《あ》おう！」

男《おとこ》たちは囲《かこ》むようにカラ松《まつ》に近《ちか》づいた。

「危《あぶ》ない！　クソま――――っ!!」

カラ松《まつ》の背後《はいご》から、一松《いちまつ》が綺麗《きれい》なフォームで跳《と》び蹴《げ》りを食《く》らわせた。

「アウチッ！」

もちろんカラ松《まつ》を助《たす》けるつもりなど、一松《いちまつ》には1ミリもない。

蹴《け》られた拍子《ひょうし》にカラ松《まつ》の持《も》っていたカバンが、その手《て》を離《はな》れて宙《ちゅう》に舞《ま》った。

「そっちにいったぞ十四松《じゅうしまつ》！」

おそ松《まつ》の声《こえ》に十四松《じゅうしまつ》がゆっくり下《さ》がりながら——

「おまかセンター前《まえ》タイムリー！」

金属《きんぞく》バットをカバンに向《む》けてフルスイングした。

「ふんぬうううううううううううううううううううう——！」

ドゴオオオオオオオオオオオオオオオオオオオオ！

カバンが「く」の字《じ》に折《お》れ曲《ま》がる。

そのままカバンは少《すこ》し飛《と》んでから落《お》ちて床《ゆか》をすべっていく。

勢《いきお》いがなくなると、ずっとだまりこんでいたチョロ松《まつ》の足下《あしもと》でぴたりと止《と》まった。

「こ、これは……そうだ……占《うらな》いもおみくじも信《しん》じるもんか！　ハァ……ハァ……僕《ぼく》にも
……やっとこの僕《ぼく》にもチャンスが回《まわ》ってきたんだ！」

チョロ松《まつ》がカバンを抱《だ》き上《あ》げた。

「さあかかってこい！」

マスクの強盗団《ごうとうだん》は一斉《いっせい》に銀行《ぎんこう》の裏口《うらぐち》から外《そと》に逃《に》げ始《はじ》めた。

「あれ？　どうしたんだろ」

強盗団《ごうとうだん》だけでなく、銀行員《ぎんこういん》さんたちも大《おお》あわてで外《そと》に出《で》る。

「ちょ、ちょっと待《ま》ってください！　お金《かね》は僕《ぼく》が取《と》り戻《もど》したからもう安心《あんしん》ですよ？　大丈《だいじょう》夫《ぶ》です、犯罪《はんざい》に手《て》を染《そ》めたりなんてしませんから」

そう言《い》いながらチョロ松《まつ》も銀行《ぎんこう》の外《そと》に出《で》た。

おそ松《まつ》が叫《さけ》ぶ。

「あっ！　あいつ金《かね》を持《も》って逃《に》げたぞ！　追《お》いかけろ！」

「……ひとり占《じ》めはさせねぇ」

「フッ……ここは兄弟《きょうだい》で山分《やまわ》けといこうじゃないか」

「あれ？　ゲームセット？」

おそ松《まつ》たちが出入《でい》り口《ぐち》に向《む》かおうとすると、トド松《まつ》が声《こえ》を上《あ》げた。

「ちょっと待《ま》って兄《にい》さんたち！　もうわかってると思《おも》うけど『お金《かね》を手《て》に入《い》れる』のおみくじを当《あ》てたのはボクだよ」

足《あし》を止《と》めずにおそ松《まつ》が振《ふ》り返《かえ》った。

「そんなのハズレだって。今日《きょう》はみんな自分《じぶん》の実力《じつりょく》を発揮《はっき》しただけなんだ。さあいこうぜトド松《まつ》」

「いけないよ。いくらなんでも強盗《ごうとう》が盗《ぬす》んだお金《かね》を横《よこ》どりなんて、やっぱりよくないし」

「よくない……か。それもそうだな。いくら俺《おれ》たちが同世代《どうせだい》カースト最底辺《さいていへん》でも、犯罪《はんざい》に手《て》を染《そ》めたら今《いま》の快適《かいてき》なニートライフも水《みず》の泡《あわ》か……」

トド松《まつ》の説得《せっとく》に、おそ松《まつ》は立《た》ち止《ど》まった。ほかの兄弟《きょうだい》たちがおそ松《まつ》を見《み》つめる。

「……いいのか？」

「いいんだ一松《いちまつ》。あ！　別《べつ》にカラ松《まつ》はいってもいいぞ。人数《にんずう》が少《すく》ない方《ほう》が山分《やまわ》けの取《と》り分《ぶん》も増《ふ》えるしな！」

「うっ……オ、オレはそういうつもりで言《い》ったんじゃなくてだな、兄弟《きょうだい》は苦《くる》しみもよろこびもみんなで分《わ》かち合《あ》おうという意味《いみ》をこめて……その……すまん。オレとしたことが、あのずしっとした重《おも》みを感《かん》じて、大金《たいきん》に惑《まど》わされた」

十四松《じゅうしまつ》が不思議《ふしぎ》そうに首《くび》をかしげた。

「チョロ松兄《まつにい》さんを追《お》っかけないの？」

「まあ真面目《まじめ》なチョロ松《まつ》のことだから、きっとお金《かね》は警察《けいさつ》に届《とど》けるだろ。むしろあいつに花《はな》を持《も》たせてやろうぜ」

「そうだね！　今日《きょう》はチョロ松兄《まつにい》さん、さんざんでいいところなかったもんね！」

5人《にん》は同時《どうじ》にうなずくと、お互《たが》いに笑《わら》い合《あ》った。


そんなことになっているとはつゆ知《し》らず、チョロ松《まつ》はひとり銀行《ぎんこう》の外《そと》に立《た》つ。

誰《だれ》かが通報《つうほう》したようで、通《とお》りに次々《つぎつぎ》とパトカーが駆《か》けつけた。

パトカーを降《お》りた警官《けいかん》たちが、銃《じゅう》を構《かま》えて建物《たてもの》を包囲《ほうい》する。

みんなピリピリムードだ。まあ銀行強盗《ぎんこうごうとう》があったんだから、こうなるのも仕方《しかた》ない。

チョロ松《まつ》はカバンを掲《かか》げた。

「ち、違《ちが》うんです！　僕《ぼく》は銀行強盗《ぎんこうごうとう》じゃありません！　彼《かれ》らから現金《げんきん》を守《まも》ったんです！

これはもちろんお返《かえ》ししますから！」

カバンを持《も》って近《ちか》づこうとすると、警察官《けいさつかん》から「そこで止《と》まれ！」と声《こえ》が上《あ》がった。

「いや、だから僕《ぼく》は銀行強盗《ぎんこうごうとう》の仲間《なかま》じゃないですから！　マスクもしてませんしカバンの

中身《なかみ》だって無事《ぶじ》ですし！　ちょっとバットで叩《たた》いちゃったけど！」

　これで自分《じぶん》はヒーローだ。表彰《ひょうしょう》されたり礼金《れいきん》がもらえたりするかもしれない。

　拾《ひろ》った一割《わり》なんていうつもりはないけど、名誉《めいよ》とお金《かね》の両方《りょうほう》が手《て》にできればいい感《かん》じだ。

　もしかしたら勇気《ゆうき》を評価《ひょうか》されて、この銀《ぎん》行《こう》に就職《しゅうしょく》できちゃったりして？

　ああ！　今日《きょう》はなんていい日《ひ》だ、ついてるぞ。兄弟《きょうだい》たちを出《だ》し抜《ぬ》いて自分《じぶん》だけ幸《しあわ》せになるのはちょっと気《き》が引《ひ》けるけど、結果《けっか》、このカバンが自分《じぶん》の手元《てもと》にきたのは運命《うんめい》に違《ちが》いない。

その運命《うんめい》を素直《すなお》に受《う》け入《い》れることにしただけだ。

僕《ぼく》はなにも悪《わる》くない……と、チョロ松《まつ》は精一杯《せいいっぱい》前向《まえむ》きに思《おも》うことにした。

中身《なかみ》が札束《さつたば》なら割《わ》れたりしないだろうが、いちおうカバンの中身《なかみ》を見《み》ておこう。

チャックを開《あ》けてみると――

そこに札束《さつたば》は入《はい》っていなかった。

紙粘土《かみねんど》にデジタルタイマーがくっついたような、なんとも言《い》えない奇妙《きみょう》なモノが入《はい》っているだけだ。

タイマーの液晶画面《えきしょうがめん》は割《わ》れてしまって読《よ》めないが、チカチカと点滅《てんめつ》している。

「あれぇ？　目覚《めざ》まし時計《どけい》かなにかかな？」

チョロ松《まつ》が首《くび》をかしげたその時《とき》――


ドッカアアアアアアアアアアアアアアアアアアアアアアン！

「ボエバ――！」

大爆発《だいばくはつ》が起《お》こった。つられて一緒《いっしょ》に十四松《じゅうしまつ》も破裂《はれつ》した。

◆

崩《くず》れた銀行《ぎんこう》の建物《たてもの》の前《まえ》でカラ松《まつ》がポーズを決《き》める。

「無茶《むちゃ》しやがって」

おそ松《まつ》は敬礼《けいれい》した。

「お前《まえ》の犠牲《ぎせい》は無駄《むだ》にしないぞ……チョロシコスキー」

一松《いちまつ》が陰気《いんき》に笑《わら》う。

「……人《ひと》は運命《うんめい》には逆《さか》らえない」

しれっと復活《ふっかつ》しながら、十四松《じゅうしまつ》は両手《りょうて》を万歳《ばんざい》させた。

「た————まや————！」

そして、トド松《まつ》はというと——

「あっ……財布《さいふ》が落《お》ちてる」

見覚《みおぼ》えのあるそれは、焼《や》け残《のこ》ったチョロ松《まつ》の持《も》ち物《もの》だった。

小銭《こぜに》入《い》れに五百円玉《ひゃくえんだま》が一枚《まい》だけ入《はい》っていた。

「大事《だいじ》に使《つか》わせてもらうね、チョロ松兄《まつにい》さん」

トド松《まつ》は振《ふ》り返《かえ》ると兄弟《きょうだい》たちに言《い》う。

「みんなアイス食《た》べない？　ゴリゴリさんならおごってあげられるよ？」

「「「「イイね！」」」」

チョロ松《まつ》の顔《かお》が青空《あおぞら》に浮《う》かび上《あ》がった。

5人《にん》の背中《せなか》が立《た》ち去《さ》ろうとすると、その背後《はいご》で瓦礫《がれき》が崩《くず》れる音《おと》がした。

「ちょっと待《ま》てええええええええええええ！　勝手《かって》に殺《ころ》すなあああああ！」

黒焦《くろこ》げになったチョロ松《まつ》の怒《いか》りの声《こえ》が、廃墟《はいきょ》と化《か》した銀行《ぎんこう》の跡地《あとち》にこだまする。

5人《にん》は振《ふ》り向《む》かずに走《はし》り出《だ》した。だんだんと近《ちか》づきつつある、夏《なつ》に向《む》かって。

なごみのおそ松《まつ》

その1

山間《やまあい》の森《もり》の奥《おく》に、ひときわ大《おお》きな屋敷《やしき》があった。

とある資産家《しさんか》の邸宅《ていたく》だ。

普段《ふだん》は静《しず》かなその屋敷《やしき》の中庭《なかにわ》に、何台《なんだい》ものパトカーや捜査車両《そうさしゃりょう》がとまっていた。

警察《けいさつ》の捜査員《そういん》があちこちを調《しら》べている。

建物《たてもの》の中《なか》はもちろん、特《とく》に人《ひと》が潜《ひそ》んでいそうな薄暗《うすぐら》い山林《さんりん》まで捜査《そうさ》の手《て》は広《ひろ》がった。

屋敷《やしき》のメインホールでチョロ松警部《まつけいぶ》は腕《うで》組《ぐ》みした。

「なんの手《て》がかりも見《み》つからないか……」

となりでトド松警部補《まつけいぶほ》が聞《き》く。

「もしかして、このまま事件《じけん》が迷宮入《めいきゅうい》りなんてことにはならないですよね、チョロ松《まつ》警部《けいぶ》？」

応援《おうえん》を呼《よ》んで大規模《だいきぼ》な捜査《そうさ》をしているが、まだこれという証拠《しょうこ》があがってこない。

現場《げんば》はすっかりピリピリムードで、時間《じかん》ばかりが過《す》ぎていく。トド松警部補《まつけいぶほ》もあせっているのだ。

「絶対《ぜったい》に迷宮入《めいきゅうい》りになんてさせない。そのためにも……この緊迫《きんぱく》した空気《くうき》をぶちこわす最《さい》強《きょう》の助《すけ》っ人《と》を呼《よ》んだからな」

自信《じしん》たっぷりに言《い》うチョロ松警部《まつけいぶ》に、トド松警部補《まつけいぶほ》は聞《き》いた。

「助《すけ》っ人《と》ですか？　これ以上捜査員《いじょうそうさいん》が増《ふ》えても……」

メインホールで十四松《じゅうしまつ》たち鑑識班《かんしきはん》が、懸命《けんめい》に証拠集《しょうこあつ》めをしている。

ホールの真《ま》ん中《なか》には屋敷《やしき》の主人《しゅじん》の銅像《どうぞう》が建《た》っていた。

今《いま》はその銅像《どうぞう》の指紋採取《しもんさいしゅ》をしているところだ。

「よし……次《つぎ》は銅像《どうぞう》の裏側《うらがわ》の指紋《しもん》を……いやこっちが先《さき》か……いやいや待《ま》てよ、銅像《どうぞう》よりも正面《しょうめん》の窓《まど》が怪《あや》しいな」

鑑識官《かんしきかん》の十四松《じゅうしまつ》は真剣《しんけん》に作業《さぎょう》を続《つづ》けている。

「不満《ふまん》そうだなトド松警部補《まつけいぶほ》？」

「別《べつ》にそんなつもりは……ただ、みんながんばっているところに部外者《ぶがいしゃ》を入《い》れても、現《げん》場《ば》が混乱《こんらん》するだけなんじゃ……」

「なに、くればわかるさ。もうそろそろだ」

チョロ松警部《まつけいぶ》が腕時計《うでどけい》で時刻《じこく》を確認《かくにん》したその時《とき》、ホールの中《なか》にあった置《お》き時計《どけい》が鳴《な》った。

ボーン……ボーン……ボーン……ボーン……ガシャアアアアアアアアアアアアアアン!!

ホールの大《おお》きなガラス窓《まど》が、突然《とつぜん》くだけ散《ち》る。

「「「うわあああああああ!」」」

大《おお》きな鳥《とり》のような影《かげ》が、窓《まど》を突《つ》き破《やぶ》ってホールの中央階段《ちゅうおうかいだん》を転《ころ》げ落《お》ちてくる。

それはハンググライダーだった。

みんながみんな驚《おどろ》いている中《なか》で、チョロ松警部《まつけいぶ》がひとり、にやりと口元《くちもと》をゆるませた。

「今日《きょう》も時間《じかん》ぴったりか。さすがだな」

「さすがって、なんなんです!?　外《そと》から？　いや、空《そら》からダイナミックに登場《とうじょう》しすぎでしょ！　現場保存《げんばほぞん》もなにもあったもんじゃない！」

トド松警部補《まつけいぶほ》が悲鳴《ひめい》を上《あ》げた。

もそもそとなにかがうごめく。

ぐちゃりと潰《つぶ》れたハンググライダーの下《した》からはい出《で》てきたのは……青年《せいねん》だ。

鹿追帽子《しかおいぼうし》にコートを着《き》こんでいて、有名《ゆうめい》な探偵小説《たんていしょうせつ》の主人公《しゅじんこう》のような格好《かっこう》だった。

青年《せいねん》は立《た》ち上《あ》がると、パンパンと手《て》で裾《すそ》を払《はら》ってはずかしそうに言《い》う。

「いやぁ失敗失敗《しっぱいしっぱい》。ほんとうはもっと手前《てまえ》で減速《げんそく》するつもりだったんだけど、風《かぜ》にあおられちゃって」

トド松警部補《まつけいぶほ》は青年《せいねん》をにらみつけた。

「失敗《しっぱい》って……なんでハンググライダーでくるの!?　普通《ふつう》にタクシーとか使《つか》ってくださいよ！」

「え？　そんなのカッコイイからに決《き》まってるでしょ？」

ケロッとした顔《かお》で言《い》う青年《せいねん》に、トド松警部補《まつけいぶほ》はイライラし出《だ》した。

チョロ松警部《まつけいぶ》が青年《せいねん》に握手《あくしゅ》を求《もと》める。

「よくきてくれたね。紹介《しょうかい》しよう。彼《かれ》は〝なごみ探偵《たんてい》〟のおそ松《まつ》くんだ」

おそ松《まつ》はチョロ松警部《まつけいぶ》の手《て》をギュッと握《にぎ》り返《かえ》した。それからトド松警部補《まつけいぶほ》にも手《て》を差《さ》しのべてくる。

「よろしくね！ところでチョロ松警部《まつけいぶ》、この人誰《ひとだれ》？」

「初対面《しょたいめん》なのに失礼《しつれい》な人《ひと》ですね」

思《おも》わずトド松《まつ》の口《くち》から本音《ほんね》がもれた。

「あちゃー。これは相当《そうとう》ピリピリしてるね。俺《おれ》の出番《でばん》ってやつかな」

チョロ松警部《まつけいぶ》からトド松警部補《まつけいぶほ》が紹介《しょうかい》された。

「こいつはトド松警部補《まつけいぶほ》だ。まだまだひよっこなんで面倒《めんどう》を見《み》てやって欲《ほ》しい」

トド松警部補《まつけいぶほ》はムッとした表情《ひょうじょう》を浮《う》かべる。現場捜査《げんばそうさ》の経験《けいけん》ではチョロ松警部《まつけいぶ》におよばないが、ひよっこと呼《よ》ばれるのは心外《しんがい》だ。

「まるでボクがダメみたいじゃないですか。少《すく》なくとも現場《げんば》を荒《あ》らすような探偵《たんてい》よりは役《やく》に立《た》ちますよ」

チョロ松警部《まつけいぶ》は困《こま》り顔《がお》で返《かえ》した。

「自信《じしん》を持《も》つのは結構《けっこう》だが、踏《ふ》んできた場数《ばかず》がお前《まえ》とおそ松《まつ》くんとでは違《ちが》いすぎる。彼《かれ》がこれまで捜査《そうさ》した事件《じけん》は２０００件《けん》以上《いじょう》だ」

「そ、そんなに!?」

「別《べつ》にたいしたことないですってば」

はずかしそうにおそ松《まつ》は鼻《はな》の下《した》を人差《ひとさ》し指《ゆび》でこする。

チョロ松警部《まつけいぶ》は続《つづ》けた。

「だが解決《かいけつ》に導《みちび》いたことは一度《ど》としてない！」

トド松警部補《まつけいぶほ》は耳《みみ》を疑《うたが》った。

（――捜査《そうさ》はするけど解決《かいけつ》はしない……って、つまりどういうことなの!?）

おそ松《まつ》は「やだなぁチョロ松警部《まつけいぶ》。もうちょっとで解決《かいけつ》できそうだったことも、一度《ど》や二度《ど》あったじゃないですか」と笑《わら》った。

「え？　ええっ!?　なにそれ!?　それってわざわざ呼《よ》ぶ意味《いみ》あるの!?　歩《ある》く未解決事件簿《みかいけつじけんぼ》ですか!?」

おそ松《まつ》は、ますますはずかしそうにほっぺたを赤《あか》くした。

「いやぁ照《て》れるなぁ」

「褒《ほ》めてないから！　ぜんっぜん褒《ほ》めてないからね!?」

チョロ松警部《まつけいぶ》がせき払《ばら》いを挟《はさ》んで言《い》う。

「コホン……えー、彼《かれ》の役目《やくめ》はただひとつ。事件現場《じけんげんば》において、謎《なぞ》やトリックが解《と》けずついピリピリしてしまいがちな、我々捜査《われわれそうさ》班《はん》の空気《くうき》をなごませることだ！」

「なごませるだけ!?　事件《じけん》の解決《かいけつ》に貢献《こうけん》してないですよ！」

「まあ最初《さいしょ》は信《しん》じられないかもしれないが、おそ松《まつ》くんは、やる時《とき》はやる男《おとこ》だ」

　はにかんでいたおそ松《まつ》の顔《かお》が、急《きゅう》に引《ひ》きしまった。

「それでチョロ松警部《まつけいぶ》。今《いま》どんな感《かん》じ？」

「ああ、今回《こんかい》の事件《じけん》はずばり……盗難《とうなん》だ」

「それは許《ゆる》せませんね。殺人《さつじん》よりもやっかいだ」

トド松《まつ》がふたりに割《わ》って入《はい》る。

「いや殺人《さつじん》の方《ほう》が大事件《だいじけん》でしょ!?」

おそ松《まつ》は困《こま》り顔《がお》になった。トド松警部補《まつけいぶほ》はぜんっぜんわかってないな……とでも言《い》いたげだ。

「死《し》んじゃった人《ひと》はどうにもできないけど、盗《ぬす》まれたものは取《と》り戻《もど》せる可能性《かのうせい》がある。つまり取《と》り返《かえ》さなきゃいけないのが、面倒《めんどう》くさいなぁって……ね？　やっかいでしょ？」

ぽんぽんっとチョロ松警部《まつけいぶ》がおそ松《まつ》の肩《かた》

を軽《かる》く叩《たた》いた。

「はっはっは！　そうだなおそ松《まつ》くん。だけどいちおう仕事《しごと》なんだし、諦《あきら》めず粘《ねば》り強《づよ》く捜《そう》査《さ》をしていこう」

「うわぁやっかいだなぁ。チョロ松警部《まつけいぶ》が一番《いちばん》やっかいだよ」

「まずは被害者《ひがいしゃ》を紹介《しょうかい》しよう。事件《じけん》の詳《くわ》しいことは、きみなりのやり方《かた》で直接《ちょくせつ》聞《き》いてくれ。それと犯行現場《はんこうげんば》にもご案内《あんない》だ。ここと違《ちが》って現場《げんば》は荒《あ》らされてないから安心《あんしん》だ」

（——いや荒《あ》らしたのはコイツでしょ！）

おそ松《まつ》は人差《ひとさ》し指《ゆび》で鼻《はな》の下《した》を軽《かる》くこする。

「へへっ……それじゃあ、ちゃっちゃとやっちゃいますか！」

（——なんかほんとうに大丈夫《だいじょうぶ》なのか？　っていうか面倒《めんどう》くさがるならくるなよ！　この人《ひと》ほんとなんなの？）

こうして役者《やくしゃ》もそろい、捜査《そうさ》の幕《まく》は切《き》って落《お》とされた。

◆

おそ松《まつ》は警部《けいぶ》に連《つ》れられて、屋敷《やしき》の主《あるじ》の部屋《へや》を訪《おとず》れた。

バスローブにサングラス姿《すがた》の男《おとこ》――カラ松氏《まつし》がふたりを出迎《でむか》える。

「フッ……よくきてくれた」

一歩遅《いっぽおく》れてトド松警部補《まつけいぶほ》も部屋《へや》に入《はい》った。

部屋《へや》にはライオンの置物《おきもの》やツボや花瓶《かびん》や立派《りっぱ》なオーディオ機器《きき》が、ずらっと並《なら》んでいた。

どれも高《たか》そうなものばかりだ。

壁《かべ》の一面《めん》は書棚《しょだな》になっていて、立派《りっぱ》な装丁《そうてい》の本《ほん》がずらりと隙間《すきま》なく並《なら》ぶ。

見《み》たところ、盗難《とうなん》にあったような形跡《けいせき》は見《み》られない。

おそ松《まつ》は部屋《へや》を見回《みまわ》してから質問《しつもん》した。

「いったいこの部屋《へや》のなにが盗《ぬす》まれたんですか？　犯人《はんにん》に心当《こころあ》たりは？」

トド松《まつ》はつい、ほっとした顔《かお》になる。

「チョロ松警部《まつけいぶ》。驚《おどろ》かせないでくださいよ。事件《じけん》を解決《かいけつ》したことがないって言《い》うわりに、あいつはちゃんと捜査《そうさ》をしてるじゃないですか」

「ふっふっふ。甘《あま》いなトド松警部補《まつけいぶほ》。ここからがおそ松《まつ》くんの本領発揮《ほんりょうはっき》だ」

カラ松氏《まつし》がサングラスを外《はず》しながら、質問《しつもん》に答《こた》えようと口《くち》を開《ひら》く。

「ああ、盗《ぬす》まれたものというのはじつは……」

「好《す》きな食《た》べ物《もの》は？　苦手《にがて》な生《い》き物《もの》は？　食事《しょくじ》をする時《とき》、おかずから先《さき》に食《た》べる派《は》？　それともご飯《はん》から派《は》？」

「ちょ、ちょっと待《ま》ってくれ。そんなにいっぺんに聞《き》かれても困《こま》るんだが」

「パンツはブリーフ？　トランクス？　犬派《いぬは》？　ネコ派《は》？　うどんとスパゲティどっちが好《す》き？　応援《おうえん》してる野球《やきゅう》チームは？　それともサッカー派《は》？」

「ええとだな……最初《さいしょ》の質問《しつもん》は……なんだったかな？」

「おでんでこれだけは欠《か》かせないタネは？　靴《くつ》の大《おお》きさは何《なん》センチ？　好《す》きな色《いろ》は？　好《す》きな天気《てんき》は？　スリーサイズは？　ダイエットしたことある？」

トド松警部補《まつけいぶほ》が思《おも》わず声《こえ》を上《あ》げた。

「ちょ、ちょっと待《ま》ってください！　その質問《しつもん》でなにかわかるんですか？」

おそ松《まつ》はトド松警部補《まつけいぶほ》をじっと見《み》つめて、真剣《しんけん》な顔《かお》で返《かえ》した。

「え？　なにかって……なにが？」

「いやだから、その質問《しつもん》の答《こた》えから、盗品《とうひん》のありかや犯人《はんにん》の居場所《いばしょ》がわかるのか？ってことですよ！」

「そんなのわかるわけないじゃん！」

胸《むね》を張《は》って言《い》いきるおそ松《まつ》に、カラ松氏《まつし》が声《こえ》を上《あ》げた。

「フッ……気《き》に入《い》った！」

「え、ええー!?　今《いま》ので気《き》に入《い》るなんておかしくないですか？」

トド松警部補《まつけいぶほ》のツッコミに、カラ松氏《まつし》はニヤリと笑《わら》う。

「彼《かれ》はこのオレのファンってことだろ？」

「いや違《ちが》うでしょ。どこをどう誤解《ごかい》したらそうなります!?」

「あれだけ熱心《ねっしん》にオレのことを聞《き》いてくるなんて、ファン以外《いがい》の何物《なにもの》でもないさ」

なごみ探偵《たんてい》にも問題《もんだい》があるが、カラ松氏《まつし》もどうしようもない人間《にんげん》だ。

(――この事件《じけん》終《お》わってるよ。みんなおかしいって。まともなのボクしかいないじゃん)

おそ松《まつ》がカラ松氏《まつし》のもとに歩《あゆ》み寄《よ》る。

「そうそう、大《だい》ファンです！　マジで！　お目《め》にかかれて感激《かんげき》です！」

「オー！　そうか。捜査《そうさ》で困《こま》ったことがあればなんでも遠慮《えんりょ》なく言《い》ってくれ」

チョロ松警部《まつけいぶ》が肘《ひじ》でトド松警部補《まつけいぶほ》を小突《こづ》いてきた。

「見《み》ろトド松警部補《まつけいぶほ》。おそ松《まつ》くんはあっという間《ま》に被害者《ひがいしゃ》と距離《きょり》をつめ、さらに盗難《とうなん》にあって痛手《いたで》を負《お》ったカラ松氏《まつし》の心《こころ》を開《ひら》いたぞ」

「いや、偶然《ぐうぜん》にしか見《み》えないんですけど」

「運《うん》も実力《じつりょく》のうちだトド松警部補《まつけいぶほ》」

そうこうしているうちに、おそ松《まつ》はカラ松氏《まつし》と握手《あくしゅ》をかわしていた。

「改《あらた》めてよろしく頼《たの》む。オレはこの屋敷《やしき》の主人《しゅじん》のカラ松《まつ》だ。仕事《しごと》は大富豪《だいふごう》をしている」

「なごみ探偵《たんてい》のおそ松《まつ》でーす！　で、えっとなにを調《しら》べるんだっけ？」

「だから盗難事件《とうなんじけん》ですってば」

トド松警部補《まつけいぶほ》のイライラはさらに大《おお》きくなった。

「そうカッカするなよ、トド松警部補《まつけいぶほ》」

「チョロ松警部《まつけいぶ》まで……ああ、まったくもう。みんな真面目《まじめ》に捜査《そうさ》する気《き》があるんですか？」

「いいかトド松警部補《まつけいぶほ》。真面目《まじめ》にやればなんでも許《ゆる》されると思《おも》っていること自体《じたい》、甘《あま》い考《かんが》えだ。だからお前《まえ》は甘《あま》ちゃんなんだよ」

「どうしてボクが非難《ひなん》されるんですか？　おかしいですよ！」

「そうやって頭《あたま》に血《ち》が上《のぼ》った状態《じょうたい》で捜査《そうさ》を

続《つづ》けても、いい結果《けっか》は得《え》られない。そうだよなおそ松《まつ》くん？」

「そうですね、チョロ松刑事《まつけいじ》」

「いや警部《けいぶ》だから。刑事時代《けいじじだい》のことを思《おも》い出《だ》させないでくれよはずかしい」

急《きゅう》にチョロ松警部《まつけいぶ》がほっぺたを赤《あか》くした。おそ松《まつ》とふたり見《み》つめ合《あ》う。

トド松警部補《まつけいぶほ》だけこの空気《くうき》から置《お》いてけぼりだ。

「ふたりともなにしてんの？　ああもういいやボクが捜査《そうさ》を進《すす》めますから。それではカラ松《まつ》さん、事件《じけん》のことをもう一度《ど》教《おし》えてください」

「OK《オーケー》……いいだろう。その惨劇《さんげき》はこの部屋《へや》のとなりにある金庫室《きんこしつ》で起《お》こった」

おそ松《まつ》の耳《みみ》がピクピク動《うご》いた。

「金庫室《きんこしつ》ってことは、お宝《たから》がいっぱいあるの？」

「どれもすばらしいコレクションだ。部屋《へや》そのものがひとつの巨大《きょだい》な金庫《きんこ》になっている」

カラ松氏《まつし》は机《つくえ》の下《した》のレバーをガシャンと動《うご》かした。壁際《かべぎわ》の本棚《ほんだな》がスライドして、裏《うら》からかくし扉《とびら》があらわれる。

「うわすっげー！　なにこの本棚《ほんだな》？　勝手《かって》に動《うご》いたよ？」

おそ松は子《こ》どもみたいにはしゃいだ。それを見《み》るチョロ松警部《まつけいぶ》の目《め》はどこまでも優《やさ》しい。

「いや驚《おどろ》くところそこじゃないでしょ。で、この扉《とびら》の向《む》こうが金庫室《きんこしつ》なんですね？」

トド松警部補《まつけいぶほ》は扉《とびら》の前《まえ》に立《た》った。その扉《とびら》の真《ま》ん中《なか》に顔《かお》があるのだ。

顔《かお》のレリーフのモチーフはカラ松氏《まつし》だった。

「どこまで自己顕示欲《じこけんじよく》が強《つよ》いんですか。っていうか、あなたも捜査《そうさ》してくださいよ」

「えぇー？　トド松警部補《まつけいぶほ》が進《すす》めてよ。こういうの得意《とくい》でしょ？」

「そ、そりゃあ警部補《けいぶほ》だから得意《とくい》だけど」

「じゃあいいじゃんいいじゃん！　船頭《せんどう》が多《おお》いと船《ふね》が登山《とざん》するっていうしさ」

トド松警部補《まつけいぶほ》は「捜査《そうさ》する気《き》がないんですか、まったく」と、ぶつくさ言《い》いながら扉《とびら》を調《しら》べ始《はじ》めた。

鍵穴《かぎあな》も金庫《きんこ》のようなダイヤル錠《じょう》もついていない。

開《あ》けるためのノブも見当《みあ》たらなかった。

おそ松《まつ》が扉《とびら》のレリーフを指《ゆび》さす。

「あれ？　この扉《とびら》についてる顔《かお》、カラ松《まつ》さんにそっくりだけど、なーんか足《た》りないなぁ」

「フッ……正解《せいかい》だ。じつはこのサングラスが鍵《かぎ》になっている」

カラ松氏《まつし》は手《て》にしていたサングラスを扉《とびら》のレリーフにかけさせた。

すると、ゴゴゴゴッと音《おと》を立《た》てて扉《とびら》が開《ひら》く。トド松警部補《まつけいぶほ》はおそ松《まつ》を見《み》つめた。

(――まさかあの一瞬《いっしゅん》で扉《とびら》の仕《し》かけに気《き》づいたのか？　いや、きっと偶然《ぐうぜん》だ)

カラ松氏《まつし》が一同《いちどう》を中《なか》に案内《あんない》した。

「さっそく事件現場《じけんげんば》という名《な》の惨劇《さんげき》のステージに咲《さ》きほこる、マイコレクションという花々《はなばな》を見《み》てもらおう」

(――なんかすごいこと言《い》い出《だ》した!?)

トド松警部補《まつけいぶほ》を尻目《しりめ》に、おそ松《まつ》が先《さき》に金庫室《きんこしつ》に踏《ふ》みこんだ。

「おっじゃまっしまーす！」

金庫室《きんこしつ》の中《なか》には革《かわ》ジャンやラメ入《い》りパンツ、自分《じぶん》の顔《かお》のイラスト入《い》りタンクトップやギターにマイクにステージ衣装《いしょう》などなど。

カラ松氏《まつし》の秘蔵《ひぞう》アイテムがずらっとそろっていた。

窓《まど》はなく、換気用《かんきよう》の通風口《つうふうこう》すらない。内壁《ないへき》は厚《あつ》い鉄板《てっぱん》に覆《おお》われていた。

出入《でい》り口《ぐち》もひとつしかない。

そんな密室《みっしつ》の真《ま》ん中《なか》に台《だい》が置《お》いてあった。なにかを飾《かざ》っていたみたいだが、ここだけ空《から》っぽだ。

おそ松《まつ》が台《だい》にべたべた触《ふ》れる。

「もしかして、ここに飾《かざ》ってた〝なにか〟が消《き》えたってこと？」

「そうだとも。この世《よ》にひとつだけのかけがえのない宝《たから》さ。どうかそいつを取《と》り戻《もど》して欲《ほ》しい」

「わかりました！　この、なごみ探偵《たんてい》おそ松《まつ》に任《まか》せてください！」

「頼《たよ》りにしてるぜ」

カラ松氏《まっし》はすっかりおそ松《まつ》を信頼《しんらい》しきっ

ている。

トド松警部補《まつけいぶほ》が確認《かくにん》した。

「ええと、カラ松《まつ》さん。具体的《ぐたいてき》にはなにを盗《ぬす》まれたんですか？」

「フッ……それは限《かぎ》りない愛《あい》と孤独《こどく》の背中合《せなかあ》わせ。オレの魂《たましい》の片割《かたわ》れとも言《い》えるものだ」

「いや、だからなんなんです？　指輪《ゆびわ》とかの貴金属類《ききんぞくるい》ですか？」

「金《かね》に換《か》えられるようなものじゃないが、光《ひか》り輝《かがや》いているのはまちがいない」

「はいはい。じゃあ貴金属《ききんぞく》ってことにしておきますね。それで、この鍵《かぎ》の秘密《ひみつ》を知《し》っている人間《にんげん》はほかにいますか？」

「さあな……昔《むかし》のことは忘《わす》れたさ」

「かっこつけてる場合《ばあい》じゃないでしょ！　つまり、把握《はあく》してないってことですね。盗難《とうなん》があった当日《とうじつ》、この屋敷《やしき》にはひとりで？」

「くる者《もの》は拒《こば》まず去《さ》る者《もの》は追《お》わない。心《こころ》の鍵《かぎ》と屋敷《やしき》の鍵《かぎ》はしないのがオレの流儀《スタイル》さ。ただ、時々《ときどき》家政夫《かせいふ》がきていたな」

「家政夫《かせいふ》ですか？」

「ああ。エプロンをしているからすぐにわかるだろう。そういえば今日《きょう》は見《み》ないな」

トド松警部補《まつけいぶほ》は新《あら》たな証言《しょうげん》を手帖《てちょう》にメモした。

「っていうか、家政夫《かせいふ》がいるなんて聞《き》いてませんけど。名前《なまえ》と性別《せいべつ》と年齢《ねんれい》と住所《じゅうしょ》は？」

「名前《なまえ》はカラ松《まつ》。性別《せいべつ》は男《おとこ》の中《なか》の男《おとこ》だ……」

「いや、あんたのじゃないよ家政夫《かせいふ》のだよ」

「さあな。オレが興味《きょうみ》があるのはオレ自身《じしん》のことだけだ」

これで今《いま》まで、よく生《い》きてこられたな……と、トド松警部補《まつけいぶほ》は呆《あき》れを通《とお》り越《こ》して感心《かんしん》してしまった。生涯《しょうがい》ノーガード戦法《せんぽう》だ。決《けっ》してまねはしたくない。

「いちおう聞《き》いておきますけど、この金庫室《きんこしつ》や屋敷《やしき》の中《なか》に監視《かんし》カメラとかないんですか？」

「そういったこともノープランだ！」

手帖《てちょう》に走《はし》り書《が》きをしながら、トド松警部補《まつけいぶほ》はペンをブチ折《お》りたくなった。そんな気持《きも》ちを押《お》しとどめてチョロ松警部《まつけいぶ》に言《い》う。

「ともかく家政夫《かせいふ》の存在《そんざい》が気《き》になりますねチョロ松警部《まつけいぶ》」

「そうか？　細《こま》かいことを気《き》にしすぎだと思《おも》うぞ」

「いや気《き》にしましょうよ！　もしかしたらその家政夫《かせいふ》が、この部屋《へや》の宝《たから》を盗《ぬす》んでいったかもしれないんだし」

おそ松《まつ》が「俺《おれ》、わかっちゃいました！」と、声《こえ》を上《あ》げた。チョロ松警部《まつけいぶ》が目《め》を丸《まる》くする。

「なに？　もう犯人《はんにん》がわかったのかおそ松《まつ》くん？」

「ええチョロ松警部《まつけいぶ》。今回《こんかい》もっとも怪《あや》しい人物《じんぶつ》……それは」

「それは？」

「この屋敷《やしき》に自由《じゆう》に出入《でい》りできて、カラ松《まつ》さんの身辺《しんぺん》にいても誰《だれ》も不思議《ふしぎ》に思《おも》わない人物《じんぶつ》……ずばり、家政夫《かせいふ》です！」

チョロ松警部《まつけいぶ》やカラ松氏《まつし》が「おおっ！」と、おそ松《まつ》の推理《すいり》に聞《き》きほれた。

「それボクが言《い》ったやつだから！　とらないでくださいよ！」

チョロ松警部《まつけいぶ》は「あっはっは！」と高《たか》らかに笑《わら》った。

「仕事《しごと》はチームでするものだ。今《いま》のはトド松警部補《まつけいぶほ》がおそ松《まつ》くんにナイスパスを出《だ》したってことでいいじゃないか」

「いやパスじゃなくてほとんどシュートでしたから」

「ゴール前《まえ》でおそ松《まつ》くんが触《ふ》れてコースが変《か》わった結果生《けっかう》み出《だ》したゴールと思《おも》えば、腹《はら》も立《た》たないだろ？　いいかトド松警部補《まつけいぶほ》。功《こう》をあせるな。自分《じぶん》の手柄《てがら》を立《た》てようとばかり思《おも》っているうちは、ほんとうのチームプレイはできないぞ」

「正論《せいろん》っぽく聞《き》こえますけど、言《い》ってることは無茶苦茶《むちゃくちゃ》ですよ、チョロ松警部《まつけいぶ》」

おそ松《まつ》が両手《りょうて》を合《あ》わせて拝《おが》むようにした。

「ごめんね、トド松警部補《まつけいぶほ》。なんかカッコイイ意見《いけん》だったからパクっちゃった」

「ええー!?　パクリ認《みと》めちゃうの？　……ぷっ……な、なんなんだよほんとに」

あまりに毒気《どくけ》のない、相手《あいて》の気持《きも》ちを傷《きず》つけるつもりなどさらさらなかったピュアなおそ松《まつ》に、思《おも》わずトド松警部補《まつけいぶほ》は吹《ふ》き出《だ》してしまった。

「あ！　今笑《いまわら》ってくれたね」

「別《べつ》におもしろくて笑《わら》ったわけじゃないですから！」

「いやそれでもいいよ！　ぜんぜんいいよ！　さっきまでのピリピリッとしてるトド松警《まつけい》部補《ぶほ》より魅力的《みりょくてき》だよ」

「そ、そういう言《い》い方《かた》はやめてください。なんかとっても、は、はずかしいし」

チョロ松警部《まつけいぶ》が「さすがおそ松《まつ》くんだ。かたくなな相手《あいて》の心《こころ》にスッと染《し》みこむように入《はい》っていく」と、うなずいた。

手帖《てちょう》をしまうとトド松警部補《まつけいぶほ》がチョロ松警部《まつけいぶ》に向《む》き直《なお》る。

「警部《けいぶ》。山道《さんどう》の検問《けんもん》に連絡《れんらく》して町《まち》にも緊急配備《きんきゅうはいび》をしきましょう」

イライラが収《おさ》まって、トド松警部補《まつけいぶほ》は冷静《れいせい》さを取《と》り戻《もど》した。

「どうやらこの事件《じけん》、解決《かいけつ》するかもしれないな。希望《きぼう》が見《み》えてきた。さっそく配備《はいび》をしよう」

こうして、停滞《ていたい》していた捜査《そうさ》が一気《いっき》に進《すす》み始《はじ》めた。

容疑者《ようぎしゃ》はエプロン姿《すがた》の家政夫《かせいふ》だ。
すぐに緊急配備《きんきゅうはいび》がしかれ、山狩《やまが》りや山道《さんどう》の検問《けんもん》も強化《きょうか》されたのだが……それらしき人物《じんぶつ》は引《ひ》っかからなかった。

◆

屋敷《やしき》の中庭《なかにわ》で、おそ松《まつ》は空《そら》を見上《みあ》げた。

今日《きょう》の天気《てんき》は下《くだ》り坂《ざか》らしい。日差《ひざ》しも少《すこ》し弱《よわ》まり始《はじ》めていた。

コートのポケットから虫眼鏡《むしめがね》をとりだす。

「なにをしてるんだいおそ松《まつ》くん？」

チョロ松警部《まつけいぶ》に聞《き》かれて、おそ松《まつ》は顔《かお》を上《あ》げた。

「こうやって虫眼鏡《むしめがね》で葉《は》っぱを観察《かんさつ》してるんです」

庭《にわ》に落《お》ちていた枯《か》れ葉《は》がシューシューと煙《けむり》を上《あ》げ始《はじ》めた。

「あれ？　なんか焦《こ》げ臭《くさ》いかも」

「ちょっとなにやってんの！　火事《かじ》になっちゃうでしょ！　危《あぶ》ないからやめて！　観察《かんさつ》するのはいいけど、せめて焦点距離《しょうてんきょり》には気《き》をつけてください！」

トド松警部補《まつけいぶほ》がツッコミを入《い》れると、中庭《なかにわ》を捜査《そうさ》していたほかの捜査員《そうさいん》たちからドッと笑《わら》いがもれた。

「いいぞ、トド松警部補《まつけいぶほ》。だんだん呼吸《こきゅう》が合《あ》ってきたじゃないか」

「え、ええと……なんか気持《きも》ちいいですね。笑《わら》いをとるのって」

「そうだろうそうだろう。大切《たいせつ》なのはチームの和《わ》だ。和《わ》とはつまりなごみ。今《いま》の一幕《ひとまく》で疲《つか》れ気味《ぎみ》だった捜査員《そうさいん》たちの気持《きも》ちがリフレッシュしたぞ」

鑑識班《かんしきはん》の十四松《じゅうしまつ》が「さあみんな！　もうひとがんばりだ！　雨《あめ》がくる前《まえ》にさらえる証拠《しょうこ》はかたっぱしからさらっていくぞ！」と声《こえ》をかけた。

ほかの捜査員《そうさいん》たちの下《さ》がりかけていたやる気《き》が上向《うわむ》いてくる。

シュー……シュー……シュー……シュボッ！

「まだやってんの!?　っていうか燃《も》えてるし！　枯《か》れ葉《は》の観察《かんさつ》はもういいですから！」

あわててトド松警部補《まつけいぶほ》は枯《か》れ葉《は》についた火《ひ》を踏《ふ》み消《け》した。

真面目《まじめ》な顔《かお》でおそ松《まつ》がつぶやく。

「トド松警部補《まつけいぶほ》。思《おも》ったより早《はや》く、ひと雨《あめ》きそうですね」

チョロ松警部《まつけいぶ》がうつむいた。その顔《かお》に先《さき》ほどまでの自信《じしん》はない。

「雨《あめ》……か。手《て》がかりをすべて洗《あら》い流《なが》す捜査《そうさ》の天敵《てんてき》だが、我々《われわれ》にはどうすることもできない。もうダメなのか……せっかくここまでみんなのムードがよくなってきたのに」

「なんで急《きゅう》に絶望《ぜつぼう》したんですかチョロ松警部《まつけいぶ》！　っていうかムード!?」

「雨《あめ》になるとみんな外《そと》で捜査《そうさ》ができなくなる。そうなれば室内《しつない》にこもりきりだ。いくら広《ひろ》い屋敷《やしき》でも、のびのび捜査《そうさ》することができなければ、元気《げんき》もやる気《き》も失《うしな》われてしまう。犯《はん》人《にん》の思《おも》うつぼじゃないか」

「いやいやいや、犯人《はんにん》が雨乞《あまご》いをして捜査《そうさ》の妨害《ぼうがい》とかしてないでしょ！　ただの自然現象《しぜんげんしょう》にどこまで落《お》ちこむんですか！」

おそ松《まつ》はチョロ松警部《まつけいぶ》の前《まえ》に立《た》った。その手《て》を両手《りょうて》で包《つつ》むように握《にぎ》って言《い》う。

「大丈夫《だいじょうぶ》ですよチョロ松警部《まつけいぶ》。もしかしたら逆《ぎゃく》に、雨《あめ》に濡《ぬ》れたくない犯人《はんにん》が、屋敷《やしき》に雨宿《あまやど》りにくるかもしれないでしょ？」

曇《くも》っていたチョロ松警部《まつけいぶ》の顔《かお》に明《あか》るさが戻《もど》った。

「そうか！　そんな柔軟《じゅうなん》な考《かん》え方《かた》があるなんて、気《き》づかなかったよおそ松《まつ》くん。どうやら我々警察関係者《われわれけいさつかんけいしゃ》は、型《かた》にはまった公務員的《こうむいんてき》なお役所仕事《やくしょしごと》にすっかり慣《な》れきっていたみたいだ」

「公務員《こうむいん》とか関係《かんけい》ないでしょ！」

ツッコみながらも、チョロ松警部《まつけいぶ》の気持《きも》ちを立《た》て直《なお》したおそ松《まつ》のことを、トド松警部補《まつけいぶほ》もだんだんと認《みと》め始《はじ》めていた。

雨《あめ》がぽつぽつと落《お》ちる。おそ松《まつ》は空《そら》に手《て》をかざした。

「恵《めぐ》みの雨《あめ》ですよ警部《けいぶ》。どうやらこの事件《じけん》、解決《かいけつ》しそうです」

名探偵《めいたんてい》の決《き》めぜりふのようにおそ松《まつ》は言《い》う。

するとぽつぽつだった雨《あめ》はゲリラ的《てき》な豪雨《ごうう》になった。

「全員建物《ぜんいんたてもの》の中《なか》へ！」

風《かぜ》も吹《ふ》き荒《あ》れ暴風雨《ぼうふうう》に早変《はやが》わりし、捜査員《そうさいん》たちはなす術《すべ》なく屋敷《やしき》へと引《ひ》きあげる。

その中《なか》に、ホッケーマスクをしたエプロン姿《すがた》の男《おとこ》が、ネコを抱《かか》えてまざりこんでいた。

ずっと捜査員《そうさいん》たちが捜《さが》していた、容疑者《ようぎしゃ》の家政夫《かせいふ》である。

みんな雨《あめ》に濡《ぬ》れまいとあわてていたこともあって、家政夫《かせいふ》が紛《まぎ》れこんだことに気《き》づく者《もの》はいなかった。

たったひとりをのぞいては。

◆

屋敷《やしき》のホールに引《ひ》きあげてきたおそ松《まつ》は、さっそく服《ふく》を脱《ぬ》いで全裸《ぜんら》になった。

「いやー。すっごい雨《あめ》だね。みんなも脱《ぬ》いだ方《ほう》がいいよ！　風邪《かぜ》引《ひ》いちゃうよ？」

誰《だれ》もが裸《はだか》のおそ松《まつ》に視線《しせん》を向《む》ける中《なか》、サングラスをかけたカラ松氏《まつし》が階段《かいだん》を降《お》りてメインホールに姿《すがた》をあらわした。

「フッ……犯人《はんにん》は見《み》つかったか？」

「ええカラ松《まつ》さん。犯人《はんにん》は……このホールにいます！」

おそ松《まつ》が宣言《せんげん》した。

「ほんとうかい、おそ松《まつ》くん？」

「ええ、チョロ松警部《まつけいぶ》。やっぱり読《よ》みどおりでした。犯人《はんにん》は雨《あめ》になったので屋敷《やしき》に戻《もど》ってきたんです」

捜査員《そうさいん》たちがざわめいた。

「いったい誰《だれ》なんですか!?　犯人《はんにん》は!?」

「落《お》ち着《つ》いてください、トド松警部補《まつけいぶほ》。みんな脱《ぬ》いだ俺《おれ》に視線《しせん》を向《む》けてるせいで気《き》づいてないけど、部屋《へや》の角《かど》にいるじゃないですか」

おそ松《まつ》がそっと指《ゆび》さすと、そこには、ネコを抱《かか》えた、ホッケーマスクにエプロン姿《すがた》の怪人《かいじん》が立《た》っていた。

「い、いつの間《ま》に!?　いったい何者《なにもの》なんだ！」

あせるチョロ松警部《まつけいぶ》に、おそ松《まつ》は笑《わら》う。

「ホッケーマスクに気《き》をとられてるけど、よく見《み》てください。エプロンをしてます」

「なるほど、マスクはミスディレクションか。たしかにあんなマスク姿《すがた》を見《み》れば、誰《だれ》もエプロンをしていることには気《き》づかない。それに、カラ松氏《まつし》が誰《だれ》だかわからないと言《い》ったのも、マスクをしていれば当然《とうぜん》か」

「当然《とうぜん》じゃないでしょ、いろいろおかしすぎるでしょ！　気《き》づく気《き》づかないの問題以《もんだいい》前《ぜん》に、これだけ捜《さが》してどうして見《み》つからなかったんですか！」

連続《れんぞく》ツッコミをしながら、トド松警部補《まつけいぶほ》は手錠《てじょう》をとりだした。

「ともかく犯人《はんにん》を確保《かくほ》します」

すると、階段《かいだん》を降《お》りきったカラ松氏《まつし》が、ホッケーマスクの怪人《かいじん》との間《あいだ》に立《た》った。

「フッ……待《ま》った！　聞《き》かせてくれ。どうしてオレの輝《かがや》ける宝物《たからもの》をお前《まえ》は盗《ぬす》んだんだ？」

「……………」

怪人《かいじん》は抱《だ》いていたネコをそっと床《ゆか》におろす。

捜査員《そうさいん》たちの視線《しせん》が怪人《かいじん》に集《あつ》まるが……しゃべらない。

「いやいや動機《どうき》も重要《じゅうよう》だけど、どうやってあの密室《みっしつ》に？　中《なか》に入《はい》れたのはサングラスを持《も》っているカラ松氏《まつし》だけだよね！」

トド松警部補《まつけいぶほ》が聞《き》くと、怪人《かいじん》は無言《むごん》で歩《ある》き出《だ》す。カラ松氏《まつし》の目《め》の前《まえ》に立《た》った。

怪人《かいじん》が腕《うで》を振《ふ》り上《あ》げる。

「あ、危《あぶ》ないッ！」

「いや大丈夫《だいじょうぶ》だ、トド松警部補《まつけいぶほ》。ここは状況《じょうきょう》を見守《みまも》ろう」

怪人《かいじん》はカラ松氏《まつし》のサングラスを顔《かお》から外《はず》すと、無言《むごん》のままメインホールの真《ま》ん中《なか》にある、カラ松氏《まつし》の姿《すがた》を生《い》き写《うつ》しにしたような銅像《どうぞう》にかけさせた。

「えっと……どういうことですか？」

さっぱり意味《いみ》がわからないトド松警部補《まつけいぶほ》だが、おそ松《まつ》は「あっ！　なるほど！」と、軽《かる》く握《にぎ》った拳《こぶし》で手《て》のひらを叩《たた》いた。

「これ、ただの銅像《どうぞう》じゃなくてサングラス置《お》き場《ば》なんですね、カラ松《まつ》さん？」

「ああ……普段《ふだん》はここにかけておいているからな」

「屋敷《やしき》には鍵《かぎ》がかかっていないから出入《でい》りも自由《じゆう》。金庫室《きんこしつ》の鍵《かぎ》もここにある。ほんとうの泥棒《どろぼう》がやってきても、きっと気《き》づかないでしょうね！　灯台《とうだい》もと暗《くら》しっていうし」

カラ松氏《まつし》はニヤリと笑《わら》った。おそ松《まつ》はさらに推理《すいり》の論理《ろんり》を重《かさ》ねていく。

「そして、屋敷《やしき》の中《なか》には何百万円《なんびゃくまんえん》もしそうなお宝《たから》がいっぱいある。泥棒《どろぼう》はきっと、そのうちのどれかを盗《ぬす》んで満足《まんぞく》するから、ますます金庫室《きんこしつ》には気《き》づかない！」

「いい推理《すいり》だ。さすがなごみ探偵《たんてい》。裸一貫《はだかいっかん》でも中身《なかみ》で勝負《しょうぶ》ってことだな」

いろいろツッコみどころは満載《まんさい》だが、トド松警部補《まつけいぶほ》もチョロ松警部《まつけいぶ》にならって、なりゆきに任《まか》せることにした。事件解決《じけんかいけつ》にあせりは禁物《きんもつ》だ。今日《きょう》一日《にち》、トド松警部補《まつけいぶほ》はおそ松《まつ》からそのことを教《おし》えられた。

……というのは建《た》て前《まえ》で、もうぶっちゃけいろいろと面倒《めんどう》になったのである。

怪人《かいじん》は、無言《むごん》でカラ松氏《まつし》のもとに戻《もど》ってきた。

「さあ、返《かえ》してもらおうかッ！　オレの金庫室《きんこしつ》から持《も》ち去《さ》ったアレを！」

「…………」

怪人《かいじん》は素直《すなお》にカラ松氏《まつし》に盗《ぬす》んだものを手渡《てわた》した。

それは小《ちい》さな手鏡《てかがみ》だ。トド松警部補《まつけいぶほ》は目《め》をこらした。

「うーん、なんか安《やす》っぽい。っていうか百均《ひゃっきん》で買《か》えそうなレベルなんだけど……盗《ぬす》み出《だ》されたものってほんとうにそれで合《あ》ってます？」

「ああ。まちがいない。よくぞ無事《ぶじ》で戻《もど》ってきてくれた」

「…………」

怪人《かいじん》の足下《あしもと》に、先《さき》ほど床《ゆか》におろされたネコがすり寄《よ》って鳴《な》いた。

ニャーン！　ニャーン！

「…………」

怪人《かいじん》はしゃがんでじゃれてくるネコをなでる。

「これで一件落着《いっけんらくちゃく》だな」

「いや待《ま》ってくださいよ、チョロ松警部《まつけいぶ》。謎《なぞ》を残《のこ》しっぱなしでいいんですか？」

「謎《なぞ》なんてないだろう。犯人《はんにん》はこうして見《み》つかって、盗品《とうひん》も無事《ぶじ》持《も》ち主《ぬし》のもとへと戻《もど》ったんだからな」

鑑識班《かんしきはん》の十四松《じゅうしまつ》が指示《しじ》を出《だ》して、撤収準備《てっしゅうじゅんび》を始《はじ》めていた。

「いやでも……」

「いいかトド松警部補《まつけいぶほ》。この犯人《はんにん》とおぼしき人物《じんぶつ》はしゃべらない。つまり自供《じきょう》がとれないんだ。事件《じけん》の真相《しんそう》は、墓場《はかば》まで持《も》っていくつもりだろう」

「えぇーっ!?　いいんですかそんなんで？」

「闇《やみ》の中《なか》に沈《しず》めておいた方《ほう》がいい真相《しんそう》もあるんだ」

トド松警部補《まつけいぶほ》は首《くび》を左右《さゆう》に振《ふ》った。

「そんなことありません！　少《すく》なくともボクは理由《りゆう》が知《し》りたい。どうしてこんなことをしたのか、知《し》りたいんです！」

おそ松《まつ》がフルチン姿《すがた》のまま、自分《じぶん》の胸《むね》をとんっと叩《たた》いた。

「わかりました！　トド松警部補《まつけいぶほ》」

「わかったって……この家政夫《かせいふ》さんの犯行動機《はんこうどうき》が、ほんとうにわかったっていうのかい？」

「ええ。この家政夫《かせいふ》さんは……」

「家政夫《かせいふ》さんは？」

撤収準備《てっしゅうじゅんび》をしていた捜査員《そうさいん》たちも、手《て》を止《と》めておそ松《まつ》の言葉《ことば》を待《ま》った。

「この家政夫《かせいふ》さんは……ネコと遊《あそ》んでいたんです！」

ニャーン！　ニャーン！

怪人《かいじん》の足下《あしもと》でネコがうれしそうに鳴《な》いた。

「遊《あそ》ぶって……そんなことのために金庫室《きんこしつ》から盗《ぬす》みをしたっていうんですか？」

「トド松警部補《まつけいぶほ》。動機《どうき》なんて人《ひと》それぞれ。この家政夫《かせいふ》さんにとっては、雇《やと》い主《ぬし》のカラ松氏《まつし》よりもネコの方《ほう》が大事《だいじ》だったんでしょう」

カラ松氏《まつし》は「オー……そうだったのか。知《し》らなかった」とひとり落《お》ちこんだ。

「けど待《ま》ってよ。あんなチャチな手鏡《てかがみ》でどうやってネコと遊《あそ》ぶっていうんだい？」

「耳《みみ》を澄《す》ましてみてよ、トド松警部補《まつけいぶほ》」

激《はげ》しい雨風《あめかぜ》に雷《かみなり》も加《くわ》わった。

ピシャッ……ドカーン！　ゴロゴロゴロ……

「雨《あめ》……雨《あめ》かぁ……うーん！　わからないよ。降参《こうさん》だ」

「鏡《かがみ》は光《ひかり》を反射《はんしゃ》するでしょ？　きっとこの鏡《かがみ》を使《つか》って、太陽《たいよう》の光《ひかり》で遊《あそ》んでいたんじゃないかな？」

トド松警部補《まつけいぶほ》はなんとなくイメージした。ネコのおもしろ動画《どうが》などで、鏡《かがみ》に反射《はんしゃ》した光《ひかり》にネコが飛《と》びついたり、じゃれたりするようなものがある。

そうして遊《あそ》ぶには手鏡《てかがみ》は、ちょうどうってつけの大《おお》きさだ。

「いやいや、でもそんなことしてたら誰《だれ》かに見《み》つかるんじゃ」

「灯台《とうだい》もと暗《くら》しだよ、トド松警部補《まつけいぶほ》。みんなまさか犯人《はんにん》が敷地内《しきちない》にいて、ネコとじゃれ合《あ》ってるなんて思《おも》わないでしょ？」

捜査員《そうさいん》の何人《なんにん》かが「ああ、そうかも」とか「そういえばそんな人《ひと》がいたかもなぁ」などと、口々《くちぐち》に言《い》い始《はじ》めた。

「運《うん》がよかったね、家政夫《かせいふ》さん」

「…………」

おそ松《まつ》が言《い》うと怪人《かいじん》はコクコクとうなずいた。

トド松警部補《まつけいぶほ》が食《く》い下《さ》がる。

「運《うん》よく見《み》つからなかったとして、どうして今《いま》になって……ハッ!?」

やっとトド松警部補《まつけいぶほ》にも、怪人《かいじん》がメインホールにあらわれた理由《りゆう》がわかった。山《やま》の天気《てんき》は変《か》わりやすい。急変《きゅうへん》した天候《てんこう》が太陽《たいよう》の光《ひかり》を奪《うば》ってしまったのだ。

太陽《たいよう》がなければ鏡《かがみ》の光《ひかり》でネコと遊《あそ》べない。

「ふふん♪　トド松警部補《まつけいぶほ》にもわかったみたいだね。結局《けっきょく》、家政夫《かせいふ》さんはネコと遊《あそ》んでいただけで、なにも盗《と》るつもりなんてなかったんだ。そうだよね？」

「…………」

もう一度《ど》怪人《かいじん》は首《くび》を縦《たて》に振《ふ》った。

チョロ松警部《まつけいぶ》がトド松警部補《まつけいぶほ》の肩《かた》にそっと手《て》をかける。

「な？　言《い》っただろ。掘《ほ》り起《お》こす意味《いみ》のない真相《しんそう》なんて、いくらでもあるんだ」

「ええと……はい。今回《こんかい》ばかりは痛感《つうかん》しましたチョロ松警部《まつけいぶ》。だけど最後《さいご》にもうひとつだけ知《し》りたいんです」

トド松警部補《まつけいぶほ》はカラ松氏《まつし》のもとに歩《あゆ》み寄《よ》った。

「その今時百均《いまどきひゃっきん》でもちょっとデザイン的《てき》にかわいいのが買《か》えそうな、オモチャみたいな手鏡《てかがみ》のどこに、光《ひか》り輝《かがや》くほどの価値《かち》があるっていうんですか？」

カラ松氏《まつし》は手鏡《てかがみ》を自分《じぶん》に向《む》けた。

「ほうら……ここに見《み》えるだろう。光《ひか》り輝《かがや》く……オレという至宝《しほう》が」

鑑識班《かんしきはん》をまとめる十四松《じゅうしまつ》が、改《あらた》めて全員《ぜんいん》に指示《しじ》をした。

「撤収《てっしゅう》～～！　みんな撤収《てっしゅう》～～！　お疲《つか》れ様《さま》でした～～！」

再《ふた》びチョロ松警部《まつけいぶ》が、トド松警部補《まつけいぶほ》の肩《かた》を叩《たた》いた。

「な？　言《い》わんこっちゃない。今夜《こんや》は飲《の》もう、トド松警部補《まつけいぶほ》。おそ松《まつ》くんもどうだい？」

「うへー！　ごちになりまーす！」

ぞろぞろと警察関係者《けいさつかんけいしゃ》がメインホールから外《そと》に出《で》ていった。

「なっ……待《ま》ってくれみんな！　どうして無視《むし》するんだ!?」

カラ松氏《まつし》のもとに残《のこ》ったのは、怪人《かいじん》だけだ。

怪人《かいじん》はエプロンのポケットから、一通《いっつう》の封筒《ふうとう》をとりだした。

そこには「たいしょくねがい」と書《か》いてあった。

「…………」

退職願《たいしょくねがい》を押《お》しつけ一礼《れい》すると、ネコと一緒《いっしょ》に家政夫《かせいふ》も出《で》ていく。

「おっ！　なんならきみも一杯《いっぱい》どうだい？」

「…………」

ニャーン！

家政婦《かせいふ》もうなずいて、パトカーに向《む》かった。

「今夜《こんや》は楽《たの》しくなりそうですね、チョロ松警部《まつけいぶ》！」

「ああ、さすが〝なごみ探偵《たんてい》〟だな。今回《こんかい》も犯人逮捕《はんにんたいほ》はできなかったけど、いい仕事《しごと》っぷりだったよ」

次々《つぎつぎ》と警察車両《けいさつしゃりょう》が走《はし》り去《さ》っていく中《なか》、カラ松氏《まつし》が叫《さけ》んだ。

「オ、オレも一緒《いっしょ》に連《つ》れていってくれよおおおおおおおおお！」

ピカッ！　ゴロゴロ……ズドーン！

カラ松氏《まつし》の叫《さけ》びと同時《どうじ》に落雷《らくらい》が屋敷《やしき》を直撃《ちょくげき》し、火《ひ》の手《て》が上《あ》がる。

屋根《やね》が落《お》ちて雨《あめ》に濡《ぬ》れながら、燃《も》える屋敷《やしき》の中心《ちゅうしん》でカラ松氏《まつし》は、「オレへの愛《あい》が足《た》りなすぎる！」と叫《さけ》び続《つづ》けた。

なごみのおそ松《まつ》

その2

〝なごみ探偵《たんてい》〟――おそ松《まつ》は今《いま》、漁船《ぎょせん》に揺《ゆ》られて海《うみ》の上《うえ》にいた。

舳先《へさき》に立《た》ってポーズを決《き》める。波《なみ》は穏《おだ》やかで船《ふね》は滑《すべ》るように進《すす》んでいった。

潮風《しおかぜ》の匂《にお》いが鼻《はな》をくすぐる。

ほんとうはもう少《すこ》し早《はや》く、現地《げんち》についているはずだった。

寝坊《ねぼう》して迎《むか》えの船《ふね》に乗《の》り損《そこ》ねたのだ。

ほかに乗《の》せていってくれそうな船《ふね》を探《さが》していたら、この漁船《ぎょせん》しかなかった。

「急《きゅう》に乗《の》せてくれとか、無理《むり》言《い》っちゃってごめんね」

「別《べつ》に気《き》にすることないっぺ。ところであんた都会《とかい》の人《ひと》だろ？　こんなド田舎《いなか》の離島《りとう》になんの用事《ようじ》だ？」

コートのポケットからおそ松《まつ》は一通《いっつう》の招待状《しょうたいじょう》をとりだす。

「じつは招待《しょうたい》されちゃったんだよね……パーティーに！」

にこっと笑《わら》って、おそ松《まつ》は船長《せんちょう》にウインクしてみせた。

◆

クロマツ島《とう》は、大富豪《だいふごう》カラ松氏《まつし》が所有《しょゆう》するプライベートアイランドだった。

屋敷《やしき》を中心《ちゅうしん》にテニスコートやプールなどのレジャー施設《しせつ》、それにライブができるミニホールまである。

一島丸《いっとうまる》ごとがカラ松氏《まつし》の別荘《べっそう》だ。

島《しま》の船着《ふなつ》き場《ば》で漁船《ぎょせん》から降《お》ろしてもらうと、おそ松《まつ》は船長《せんちょう》に手《て》を振《ふ》る。

「送《おく》ってくれてありがとね！」

「んじゃあ達者《たっしゃ》でなぁ！」

漁船《ぎょせん》が去《さ》っていくのを見送《みおく》って、おそ松《まつ》は向《む》き直《なお》った。

辺《あた》りをざっと見回《みまわ》すと、看板《かんばん》を見《み》つける。

島《しま》の案内図《あんないず》だった。

島《しま》は上空《じょうくう》から見《み》ると三日月《みかづき》のような形《かたち》で、屋敷《やしき》はその真《ま》ん中辺《なかあた》りにあるらしい。

「いやぁ～なんか気持《きも》ちいいし、腹《はら》ごなしにちょっと散歩《さんぽ》していこうかな」

港《みなと》からまっすぐ屋敷《やしき》に向《む》かう道《みち》とは別《べつ》に、島《しま》をぐるりと一周《いっしゅう》する道《みち》がある。

おそ松《まつ》は島《しま》を散策《さんさく》することにした。

舗装《ほそう》された道《みち》で歩《ある》きやすい。風景《ふうけい》も綺麗《きれい》で、いい散歩《さんぽ》コースだ。

海沿《うみぞ》いの道《みち》を歩《ある》き出《だ》してすぐに気《き》づく。

「うわあ、黒松《くろまつ》だらけだ。だからクロマツ島《とう》っていうのか」

島《しま》の木々《きぎ》は全部《ぜんぶ》黒松《くろまつ》だった。

さらに進《すす》むと砂浜《すなはま》に出《で》た。

「ここで海水浴《かいすいよく》とかスイカ割《わ》りとかいいかも……けど、なんかさびしいな。誰《だれ》もいないし」

砂浜《すなはま》を抜《ぬ》けて歩《ある》き続《つづ》け、ぐるりと一周《いっしゅう》する間《あいだ》、おそ松《まつ》は誰《だれ》ともすれ違《ちが》わなかった。

船着《ふなつ》き場《ば》に戻《もど》ってくる。

「そういえば今《いま》、何時《なんじ》だろ？」

パーティーの開始《かいし》は午後《ごご》一時《じ》からだった。

スマホをとりだして確認《かくにん》すると、時刻《じこく》は正午《しょうご》を回《まわ》ったところだ。

「って……ここ圏外《けんがい》じゃん。電波《でんぱ》悪《わる》いのかな？　超使《ちょうつか》えないんですけど」

スマホの画面《がめん》を見《み》ながら、おそ松《まつ》は屋敷《やしき》へと続《つづ》く道《みち》を歩《ある》く。すると――

ドスン！

と、誰《だれ》かと衝突《しょうとつ》した。

「うわっ!!」

おそ松《まつ》とぶつかった相手《あいて》が、同時《どうじ》に声《こえ》を上《あ》げる。

顔《かお》を上《あ》げるとそこには、おそ松《まつ》のよく知《し》っている人物《じんぶつ》が立《た》っていた。

「チョロ松警部《まつけいぶ》じゃないですか？」

「おそ松《まつ》くんか。コラコラ、歩《ある》きスマホはいけないな」

「ごめーん。けどさぁ……この島《しま》、全然電波《ぜんぜんでんぱ》が入《はい》ってこなくって。もしかしてスマホ故障《こしょう》したのかな？」

チョロ松警部《まつけいぶ》も、自分《じぶん》のスマホをとりだした。

「じつは私《わたし》のスマホもダメなんだ。どうやらこの島《しま》は完全《かんぜん》に圏外《けんがい》らしい」

「えぇー！　それじゃあ、帰《かえ》るまでゲームとかできないじゃん！」

「連続《れんぞく》ログインボーナスが台《だい》なしだね」

「どうしよう大《だい》ピンチだよチョロ松警部《まつけいぶ》……っていうか、チョロ松警部《まつけいぶ》がなんでこの島《しま》にいるの？」

チョロ松警部《まつけいぶ》は、上着《うわぎ》のポケットから招待状《しょうたいじょう》をとりだした。

「カラ松氏《まつし》に呼《よ》ばれたんだ」

「そっか。じゃあ一緒《いっしょ》だね」

おそ松《まつ》はキョロキョロと辺《あた》りを見回《みまわ》した。

「そういえばトド松警部補《まつけいぶほ》は？」

「さっきまで一緒《いっしょ》にいたんだが、急《きゅう》に姿《すがた》が見《み》えなくなってね。いつの間《ま》にかスッと消《き》えてしまったんだ。こうして捜《さが》していたらおそ松《まつ》くんと鉢合《はちあ》わせしたってわけさ」

「なるほど……俺《おれ》、わかっちゃいました！」

「え!? いったいなにがわかったんだい？」

「トド松警部補《まつけいぶほ》は……」

チョロ松警部《まつけいぶ》がごくりとつばをのみこんだ。

おそ松《まつ》はじっくりタメにタメて、もったいぶれるだけもったいぶってから言《い》う。

「トド松警部補《まつけいぶほ》は、うんこをしにいったんです！」

「な、なんだってー!?」

「ほら、上司《じょうし》に『うんこしたいです！』なんて、言《い》いにくいじゃないですか。だからスッと消《き》えるようにいなくなったんですよ」

「なるほど、トド松警部補《まつけいぶほ》はうんこか」

「そうそう。うんこうんこ」

　すると船着《ふなつ》き場《ば》方面《ほうめん》から人影《ひとかげ》があらわれた。

「ちょっと、ふたりともなに言《い》ってるんですか。人《ひと》のことをうんこ呼《よ》ばわりして！」

　トド松警部補《まつけいぶほ》だった。汗《あせ》をかき、息《いき》を切《き》らして、ふたりのもとに合流《ごうりゅう》する。

　靴《くつ》が泥《どろ》まみれで、ズボンには松《まつ》の葉《は》がいくつもくっついていた。

「わかった！　トド松警部補《まつけいぶほ》……さては怒《おこ》ってますね？」

「怒《おこ》ってますよ！　わざわざ推理《すいり》っぽく言《い》わなくてもわかるでしょ！　あなた！」

「ところで警部補《けいぶほ》。お腹《なか》の調子《ちょうし》はどうですか？」

「トイレにいってたんじゃないって。ちょっと島《しま》を調《しら》べてたんです」

「え!?　それはほんとうですかトド松警部補《まつけいぶほ》？　いったい島《しま》のどこらへんを調《しら》べたんで

す？」

おそ松《まつ》は目《め》をまん丸《まる》くした。

「いや、どこらへんと言《い》われても……船着《ふなつ》き場《ば》から島《しま》を時計回《とけいまわ》りにぐるっと……」

「俺《おれ》もさっき、島《しま》を反時計回《はんとけいまわ》りで一周《いっしゅう》してきたんですけど、トド松警部補《まつけいぶほ》とはすれ違《ちが》いませんでしたよ？」

おそ松《まつ》の頭《あたま》に疑問《ぎもん》が浮《う》かんだ。

島《しま》の外周《がいしゅう》の道《みち》はほとんど一本道《いっぽんみち》だ。どこかですれ違《ちが》いそうなものである。

だがトド松警部補《まつけいぶほ》とは出会《であ》わなかった。

となると……トド松警部補《まつけいぶほ》は、嘘《うそ》をついているのかもしれない。

問題《もんだい》は「なぜ嘘《うそ》をついたのか」という理由《りゆう》……いわゆる動機《どうき》だ。

おそ松《まつ》は帽子《ぼうし》のつばを指先《ゆびさき》でつまみながら言《い》う。

「そうだったんですねトド松警部補《まつけいぶほ》……」

「な、なんですか？　急《きゅう》に真面目《まじめ》な顔《かお》して」

「あなたは……トイレが見《み》つけられなかった。どこを探《さが》してもトイレがない。観光地《かんこうち》ならいざ知《し》らず、ここは私有地《しゆうち》。トイレなんて外《そと》にはないんだ。そこで警部補《けいぶほ》は黒松林《くろまつばやし》に入《はい》って……犯行《はんこう》をすませた。その時《とき》、俺《おれ》は気《き》づかずに通《とお》り過《す》ぎた。だから遭遇《そうぐう》しなかったんです」

「いやいやしてないから!! 人《ひと》を犯罪者扱《はんざいしゃあつか》いしないでくださいよ！」

「じゃあ、どうして靴《くつ》が土《つち》で汚《よご》れていて、ズボンに松《まつ》の葉《は》がついてるんですか？」

「うっ……それは」

あわてる部下《ぶか》にチョロ松警部《まつけいぶ》が腕組《うでぐ》みをしながら言《い》う。

「自供《じきょう》すれば楽《らく》になるぞ、トド松警部補《まつけいぶほ》」

「違《ちが》いますから。ただ……たしかにボクは、黒松林《くろまつばやし》には入《はい》りました」

おそ松《まつ》はびしっとトド松警部補《まつけいぶほ》の顔《かお》を指《ゆび》さした。

「ほらやっぱり！」

「最後《さいご》まで聞《き》いてください！　じつは……ずっと怪《あや》しい視線《しせん》を感《かん》じてたんです。それで林《はやし》の中《なか》に分《わ》け入《い》ったんですけど、追《お》いかけているうちに見失《みうしな》いまして……」

チョロ松警部《まつけいぶ》がうなずいた。

「どうやらトド松警部補《まつけいぶほ》はシロのようだ」

シロ……とは潔白《けっぱく》の〝白《しろ》〟のことだ。

「よかったですねトド松警部補《まつけいぶほ》。疑《うたが》いが晴《は》れましたよ！」

「すっっっごく釈然《しゃくぜん》としないんだけど……っていうか、なんでもかんでも疑《うたが》うのやめてください！」

「探偵《たんてい》は疑《うたが》うのが仕事《しごと》だからな」

「でも、彼《かれ》は〝なごみ探偵《たんてい》〟じゃないですか。疑《うたが》うより、なごませるのが仕事《しごと》ですよね？」

おそ松《まつ》とチョロ松警部《まつけいぶ》は、そろってトド松警部補《まつけいぶほ》を見《み》つめた。無言《むごん》で。

「「……」」

（――図星《ずぼし》をついたボクの方《ほう》が、悪《わる》いことしたみたいな空気《くうき》になってる！）

オホン！　と、チョロ松警部《まつけいぶ》がせき払《ばら》いを挟《はさ》んでから、続《つづ》けた。

「それじゃあ無事《ぶじ》、事件《じけん》も解決《かいけつ》したことだし、カラ松氏《まつし》の屋敷《やしき》に向《む》かおうじゃないか」

「いきましょうチョロ松警部《まつけいぶ》。トド松警部補《まつけいぶほ》も。いやー暑《あつ》くて喉《のど》が渇《かわ》いちゃった」

おそ松《まつ》とチョロ松警部《まつけいぶ》が、屋敷《やしき》に向《む》かって歩《ある》き出《だ》す。

「いやちょっと待《ま》って！　ボクが見《み》た不審者《ふしんしゃ》のことは気《き》にならないわけ!?　そこは疑《うたが》っていくべきでしょ!?」

「気《き》のせいだよ、トド松警部補《まつけいぶは》」

「そうだぞ。こんな孤島《ことう》に、不審者《ふしんしゃ》なんて出《で》るわけないだろう。はっはっは」

「うわぁ……ボクの信用度低《しんようどひく》すぎ」

ぼそりともらしながらも、トド松警部補《まつけいぶほ》もふたりの後《あと》を追《お》いかけた。

◆

屋敷《やしき》の玄関《げんかん》に鍵《かぎ》はかかっていなかった。

3人一緒《にんいっしょ》に、中《なか》に入《はい》る。

先日《せんじつ》、事件《じけん》があったカラ松邸《まつてい》と、屋敷《やしき》の造《つく》りがそっくりだった。

メインホールには大《おお》きなガラス窓《まど》があって、二階《かい》に続《つづ》く階段《かいだん》も一緒《いっしょ》だ。

「これはチョロ松警部《まつけいぶ》にトド松警部補《まつけいぶほ》。それにきみもか……」

がらんとしたホールに十四松鑑識官《じゅうしまつかんしきかん》の姿《すがた》があった。

「君《きみ》も呼《よ》ばれていたのか？」

十四松鑑識官《じゅうしまつかんしきかん》は大《おお》きなカバンから封筒《ふうとう》をとりだした。

「はい。ぼくはひとつ早《はや》い船《ふね》に乗《の》ったようで、警部《けいぶ》たちよりも先《さき》に島《しま》についたみたいです」

おそ松《まつ》が十四松鑑識官《じゅうしまつかんしきかん》のカバンをじっと見《み》つめる。

「ねえねえ、なんで鑑識道具《かんしきどうぐ》を持《も》ってるの？」

カバンの中《なか》には、十四松鑑識官《じゅうしまつかんしきかん》の仕事道具一式《しごとどうぐいっしき》が、つめこまれていた。

「こ、これは……鑑識官《かんしきかん》たるもの、いついかなる場所《ばしょ》であっても、事件《じけん》に備《そな》えておこうと思《おも》ったからです」

「うっひょー！　真面目《まじめ》だねぇ。じゃあ、もしこのお屋敷《やしき》で殺人事件《さつじんじけん》が起《お》こってもひと安心《あんしん》ですね、警部《けいぶ》」

チョロ松警部《まつけいぶ》は「はっはっは。縁起《えんぎ》でもないことを言《い》わないでくれよ、おそ松《まつ》くん」と笑《わら》ってみせた。

「ところで招待《しょうたい》されたのって俺《おれ》たちだけなのかな？　パーティーをするには、ちょっとさびしいかも」

おそ松《まつ》は二階《かい》へと続《つづ》く階段《かいだん》を見上《みあ》げた。そろそろカラ松氏《まつし》がバスローブ姿《すがた》で登場《とうじょう》してきてもおかしくない。

が、静《しず》かだった。静《しず》かすぎるくらいに静《しず》かだった。

そして――


オオオオオオオオオオオオオオオオオオオオオオオオオオオオオオオ！


動物《どうぶつ》がほえたような声《こえ》が、屋敷《やしき》の中《なか》に響《ひび》き渡《わた》った。

二階《かい》からだ。

「な、なんだ今《いま》のは!?」

「チョロ松警部《まつけいぶ》こっちです！」

おそ松《まつ》は声《こえ》がした方《ほう》に向《む》かって走《はし》る。階段《かいだん》を駆《か》け上《あ》がると、西側《にしがわ》に続《つづ》く廊下《ろうか》に出《で》た。

廊下《ろうか》の右手《みぎて》に三《みっ》つの扉《とびら》があった。

「見《み》てよ、チョロ松警部《まつけいぶ》！　一番奥《いちばんおく》の扉《とびら》が開《あ》いてるよ！」

一番奥《いちばんおく》の扉《とびら》に向《む》かって、おそ松《まつ》は走《はし》る。

そこはバスルームだった。脱衣場《だついじょう》には白《しろ》いバスローブが脱《ぬ》ぎ散《ち》らかされている。

さらに浴室《よくしつ》の扉《とびら》が開《ひら》かれて、廊下側《ろうかがわ》からでも浴室《よくしつ》が丸見《まるみ》えになっていた。

浴室《よくしつ》に置《お》かれた白《しろ》いバスタブに男《おとこ》が仰向《あおむ》けになっている。

バスタブは、お湯《ゆ》の代《か》わりにバラの花《はな》びらで埋《う》めつくされていた。

男《おとこ》は花《はな》びらに埋《う》もれるようにして、目《め》を閉《と》じたまま動《うご》かない。

「カラ松氏《まつし》が……し、死《し》んでる」

おそ松《まつ》の口《くち》から言葉《ことば》がもれた。

バスルームの左手《ひだりて》には、採光用《さいこうよう》の小窓《こまど》がある。窓《まど》は開《あ》けられていた。

せいぜい頭《あたま》が通《とお》るくらいで、ここからの出入《ではい》りは無理《むり》そうだ。

換気扇《かんきせん》も小《ちい》さなものだった。

バスルームは二階《かい》の角部屋《かどべや》にあって、おそ松《まつ》たちがやってきた廊下《ろうか》以外《いがい》に行《い》き来《き》できるルートはない。

「チョロ松警部《まつけいぶ》！　手前《てまえ》の部屋《へや》を捜《さが》して！」

「急《きゅう》にどうしたんだ、おそ松《まつ》くん？」

「犯人《はんにん》が潜《ひそ》んでるかもしれないんだ！」

おそ松《まつ》は、真《ま》ん中《なか》の部屋《へや》の扉《とびら》を開《ひら》いた。

「チョロ松警部《まつけいぶ》。ボクらは一番手前《いちばんてまえ》の部屋《へや》を調《しら》べましょう」

「そうだな。十四松君《じゅうしまつくん》は、現場《げんば》の保存《ほぞん》と被害者《ガイシャ》を頼《たの》む」

「了解《りょうかい》しました！」

おそ松《まつ》はバスルームのとなりの客間《きゃくま》に入《はい》る。

　クローゼットなど人《ひと》のかくれられそうな場所《ばしょ》を調《しら》べたが……犯人《はんにん》の姿《すがた》はなかった。窓《まど》を確認《かくにん》すると、内側《うちがわ》からしっかり施錠《せじょう》されていた。

　調《しら》べ終《お》えて廊下《ろうか》に出《で》たおそ松《まつ》に、同《おな》じく捜査《そうさ》を終《お》えたであろう、チョロ松警部《まつけいぶ》が言《い》う。

「そっちはどうだった、おそ松《まつ》くん？」

「誰《だれ》もいませんでしたよ、チョロ松警部《まつけいぶ》。しかも窓《まど》には内側《うちがわ》から鍵《かぎ》が……」

「こっちもだ……どうやらこれは密室殺人《みっしつさつじん》のようだな」

　チョロ松警部《まつけいぶ》の表情《ひょうじょう》が厳《きび》しくなった。

　おそ松《まつ》もうなずく。悲鳴《ひめい》が聞《き》こえた時《とき》に、

犯行《はんこう》があったに違《ちが》いない。

犯人《はんにん》は一階《いっかい》に降《お》りるか、手前《てまえ》にあるふたつの部屋《へや》のどちらかにかくれるしかなかった。

でないと、一階《いっかい》から駆《か》け上《あ》がってきたおそ松《まつ》たちと、鉢合《はちあ》わせする。

だが、犯人《はんにん》らしき不審《ふしん》な人物《じんぶつ》は見《み》つからなかった。

つまり――

「俺《おれ》、犯人《はんにん》わかっちゃいました」

「えっ!? ほんとうに？」

驚《おどろ》くトド松警部補《まつけいぶほ》におそ松《まつ》はうなずいた。

「犯人《はんにん》は……小《ちい》さい人《ひと》です！」

「は？」

ぽかーんと口《くち》を開《あ》けたまま固《かた》まるトド松警部補《まつけいぶほ》に、おそ松《まつ》は続《つづ》けた。

「一見完全《いっけんかんぜん》に見《み》えてもこの密室《みっしつ》には、バスルームの小窓《こまど》という出入《でい》り口《ぐち》があります。きっと壁登《かべのぼ》りが得意《とくい》な小《ちい》さい人《ひと》だったんでしょう」

「なるほど小《ちい》さい人《ひと》か！ ちなみに、どれくらいの大《おお》きさなんだい、おそ松《まつ》くん？」

チョロ松警部《まつけいぶ》が真面目《まじめ》な顔《かお》のまま、首《くび》をかしげた。

トド松警部補《まつけいぶほ》が声《こえ》を上《あ》げた。

「チョロ松警部《まつけいぶ》！　大《おお》きさは重要《じゅうよう》じゃないでしょ？　っていうか、なにその小《ちい》さい人《ひと》って⁉　怖《こわ》いんですけど！」

おそ松《まつ》はフフッと笑《わら》った。

「窓《まど》の大《おお》きさから考《かんが》えて、たぶん全長《ぜんちょう》18センチくらいじゃないかなぁ。その小《ちい》さい人《ひと》が、入浴中《にゅうよくちゅう》のカラ松氏《まつし》を殺害《さつがい》した」

チョロ松警部《まつけいぶ》はうなずいた。

「相手《あいて》が小《ちい》さい人《ひと》じゃ、立件《りっけん》のしようがないな。事件《じけん》はまたしても迷宮入《めいきゅうい》りか」

「なんかトリック的《てき》なものを使《つか》った殺人《さつじん》じゃないんですか⁉　ほら、ワイヤーとか使《つか》ったりするやつ！」

「ははは。トド松警部補《まつけいぶほ》は推理小説《すいりしょうせつ》の読《よ》みすぎみたいだな」

「ははははじゃないですよ！　まったく……」

おそ松《まつ》は困《こま》り顔《がお》だ。

「おっかしいなぁ。またトド松警部補《まつけいぶほ》の心《こころ》がすさみ始《はじ》めちゃったよ」

「トド松警部補《まつけいぶほ》はまだ若《わか》いんだ。許《ゆる》してやってくれ、おそ松《まつ》くん」

「ああもう……なんなのこの人《ひと》たち」

ドッと疲《つか》れたような表情《ひょうじょう》を、トド松警部補《まつけいぶほ》が浮《う》かべたその時《とき》――

「警部《けいぶ》！　現場《げんば》の保存《ほぞん》が完了《かんりょう》しました……というかその……」

十四松鑑識官《じゅうしまつかんしきかん》がバスルームから廊下《ろうか》に姿《すがた》をあらわした。

「なにか見《み》つけたのか？」

「いえ。じつはですね……」

十四松鑑識官《じゅうしまつかんしきかん》が言《い》いかけると、不意《ふい》にどこからかカレーの匂《にお》いが漂《ただよ》ってきた。

おそ松《まつ》がスマホをとりだして、時間《じかん》を確認《かくにん》しながら声《こえ》を上《あ》げる。

「午後《ごご》一時《じ》二分《ふん》！　これは……」

「どうしたんだい、おそ松《まつ》くん!?」

「これはまちがいない……遅《おそ》めの昼食《ちゅうしょく》だ！」

トド松警部補《まつけいぶほ》が声《こえ》を上《あ》げる。

「いや違《ちが》うでしょ、なにもかも違《ちが》うでしょ！」

「落《お》ち着《つ》くんだトド松警部補《まつけいぶほ》。ブランチでもおやつでも、ましてや夕飯《ゆうはん》の時間《じかん》でもないから、おそ松《まつ》くんの推理《すいり》はまちがっていない」

「時間《じかん》はどうでもいいんですって！　カレーがひとりでに用意《ようい》されるなんてことないでしょ!?　ボクら以外《いがい》に誰《だれ》かいるんですよ！　この島《しま》に、凶悪《きょうあく》な殺人犯《さつじんはん》が！」

トド松警部補《まつけいぶほ》が言《い》うと、十四松鑑識官《じゅうしまつかんしきかん》が困《こま》り顔《がお》になった。

「あの、その件《けん》なんですが……」

おそ松《まつ》がうなずく。

「ともかく下《した》の階《かい》にいってみよう」

「十四松君《じゅうしまつくん》は、引《ひ》き続《つづ》き現場《げんば》の保存《ほぞん》を頼《たの》む」

「あの、すみませんちょっと……ああ」

なにか言《い》いたげな十四松鑑識官《じゅうしまつかんしきかん》をおいて、おそ松《まつ》たちは一階《いっかい》に急《いそ》いだ。

◆

メインホールに降《お》りると、ホールから東側《ひがしがわ》にのびる廊下《ろうか》の奥《おく》へと向《む》かう。

一番奥《いちばんおく》の部屋《へや》の扉《とびら》は……開《あ》いていた。

「う、うわあああああああああ！」

部屋《へや》に入《はい》るなり、おそ松《まつ》は声《こえ》を上《あ》げた。

テーブルにカレーだけでなく、、フライドチキンやピザやローストビーフ、シーフードサラダにお寿司《すし》やお刺身《さしみ》の舟盛《ふなも》りといったごちそうが、ずらっと並《なら》んでいたのだ。

「パーティーだあああ！　チョロ松警部《まつけいぶ》ごちそうですよ！」

「見《み》るんだおそ松《まつ》くん……パエリアまであるぞ。そういえばパーティーの開始《かいし》は、午後一時《ごごいちじ》からだったな」

トド松警部補《まつけいぶほ》が、青《あお》い顔《かお》をする。

「まるでメアリー・セレスト号事件《ごうじけん》じゃないですか」

おそ松《まつ》は首《くび》をかしげた。

「なにそれ？」

「外国《がいこく》であった事件《じけん》さ。突然《とつぜん》、船《ふね》に乗《の》っていた人《ひと》たちが全員《ぜんいん》、消《き》えてしまったんだ。飲《の》みかけのコーヒーや食《た》べかけの食事《しょくじ》もそのままに……ボクらもその船員《せんいん》みたいに、消《け》されてしまうかもしれない」

ブルッと震《ふる》えるトド松警部補《まつけいぶほ》だが、おそ松《まつ》はあっけらかんと言《い》う。

「考《かんが》えすぎですってば、トド松警部補《まつけいぶほ》。それより料理《りょうり》が冷《さ》める前《まえ》に食《た》べましょう！」

おそ松《まつ》が皿《さら》に、フライドチキンやピザやパエリアを盛《も》っていく。

「お！　やるな、おそ松《まつ》くん。我々《われわれ》も後《おく》れをとるわけにはいかないぞ！」

「チョロ警部《けいぶ》待《ま》ってください。もし犯人《はんにん》が用意《ようい》した料理《りょうり》なら、毒物《どくぶつ》が混入《こんにゅう》されているかも……ああっ！　ちょっとあなたも食《た》べないで！」

トド松警部補《まつけいぶほ》が止《と》める前《まえ》に、おそ松《まつ》はフライドチキンを手《て》にとった。

「毒《どく》なんて入《はい》ってないって。いっただきまーす！　がぶり……もぐもぐ……ウッ」

おそ松《まつ》の動《うご》きが止《と》まった。

「ウッ……ウッ……アアアッ……」

「まさかほんとうに毒《どく》がッ⁉」

「これ超《ちょう》ウマイんですけど！　こんなにおいしいフライドチキン、初《はじ》めてかも」

トド松警部補《まつけいぶほ》の顔《かお》が――一気《いっき》にほわんとゆるんだ。

「な～んだ。あーっはっはっは！　まったくもう！　なにを心配《しんぱい》してたんだろう、ボクは。こんな古典的《こてんてき》なドッキリに引《ひ》っかかるなんて」

おそ松《まつ》が笑顔《えがお》で返《かえ》す。

「よかった。トド松警部補《まつけいぶほ》もリラックスしてきたみたいだ」

「ほんとうに人《ひと》が悪《わる》いですよ」

「さーせん」

やっとなごんだ空気《くうき》になったところで、十四松鑑識官《じゅうしまつかんしきかん》がやってきた。

「あの……いったいなにをしてるんです

か？」

「見《み》ればわかるだろう。パーティーだよ……あっ、いやすまなかった。我々《われわれ》だけ先《さき》に楽《たの》しんでしまって。すぐに呼《よ》びにいくつもりだったんだよ」

チョロ松警部《まつけいぶ》の言葉《ことば》に、十四松鑑識官《じゅうしまつかんしきかん》は首《くび》を左右《さゆう》に振《ふ》った。

「いえ、それよりも聞《き》いてください、チョロ松警部《まつけいぶ》」

「悪《わる》かった悪《わる》かった。さあ、君《きみ》も一杯《いっぱい》どうだ？」

おそ松《まつ》が用意《ようい》されていた瓶《びん》ジュースの栓《せん》を開《あ》けた。

「はいどうぞ、十四松《じゅうしまつ》さん」

グラスを渡《わた》して、ジュースを注《そそ》ぐ。

「飲《の》んでる場合《ばあい》じゃなくて！」

ジュースはキンキンに冷《ひ》えていた。

トド松警部補《まつけいぶほ》が笑《わら》う。

「ごちそうになろうよ、十四松鑑識官《じゅうしまつかんしきかん》！　今日《きょう》くらいいいじゃない？」

「……じゃあ、とりあえず一杯《いっぱい》だけ……これを飲《の》んだら話《はなし》を聞《き》いてくださいね？」

　グビグビグビ！

　あっという間《ま》に、十四松鑑識官《じゅうしまつかんしきかん》のグラスは空《から》っぽになった。

「いい飲《の》みっぷり！　おかわりいるんじゃない？」

「そ、そこまで言《い》われると……断《ことわ》れないので、いただきますけど……これで最後《さいご》ですからね」

　おそ松《まつ》が、グラスにジュースのおかわりを注《そそ》ぐ。

　グビグビグビ！

　十四松鑑識官《じゅうしまつかんしきかん》は、それをあおるように飲《の》み干《ほ》した。

　おそ松《まつ》がお皿《さら》をとってきて、十四松鑑識《じゅうしまつかんしき》

官《かん》に手渡《てわた》した。

「料理《りょうり》も食《た》べてよ、十四松《じゅうしまつ》さん」

「いやでも……」

「冷《さ》めちゃうよ！　ほらほら！　せっかくだし楽《たの》しみましょう！」


〜十分後《じゅっぷんご》〜


おそ松《まつ》に勧《すす》められるまま、十四松鑑識官《じゅうしまつかんしきかん》は、すっかりパーティーを楽《たの》しんでいた。

「う、うんまーい！　どの料理《りょうり》もうますぎる！　ジュースもう一杯《いっぱい》おかわり！」

十四松鑑識官《じゅうしまつかんしきかん》の方《ほう》から、グラスをおそ松《まつ》に差《さ》し出《だ》した。

「はいはい！　いつも十四松《じゅうしまつ》さんにはお世話《せわ》になってるんで……おっとっと！」

あふれそうになったジュースに、十四松鑑識官《じゅうしまつかんしきかん》は口《くち》をつけた。

そのまま飲《の》むと……

「うっぷ……ちょっと……飲《の》み食《く》いしすぎました……」

部屋《へや》の壁際《かべぎわ》にあるソファーの方《ほう》へと、十四松鑑識官《じゅうしまつかんしきかん》はよろよろ歩《ある》いていった。

そのままバタンとソファーに倒《たお》れこむ。

「あーあ。ペースを考《かんが》えないで飲《の》み食《く》いするから」

トド松警部補《まつけいぶほ》が口《くち》を「ω」にして言《い》う。

「チョロ松警部《まつけいぶ》も、トド松警部補《まつけいぶほ》ももっと飲《の》んでください！　お酌《しゃく》しますから」

「おお、悪《わる》いなおそ松《まつ》くん。それじゃあ一杯《いっぱい》いただこうか？」

おそ松《まつ》はもう一本《いっぽん》、ジュースの栓《せん》を開《あ》けた。

ふたりにお酌《しゃく》しながら、自分《じぶん》もごちそうを食《た》べまくる。

しばらく歓談《かんだん》しながら食事《しょくじ》を楽《たの》しむうちに、チョロ松警部《まつけいぶ》とトド松警部補《まつけいぶほ》も、いい感《かん》じにお腹《なか》がいっぱいになったらしい。

眠《ねむ》そうな目《め》でトド松警部補《まつけいぶほ》が言《い》う。

「このまま昼寝《ひるね》なんて最高《さいこう》に贅沢《ぜいたく》ですね、チョロ松警部《まつけいぶ》」

「日々《ひび》の激務《げきむ》を忘《わす》れて、今日《きょう》くらいはゆっくりと、くつろがせてもらうとしよう」

ふたりも空《あ》いているソファーに寝《ね》っ転《ころ》がった。

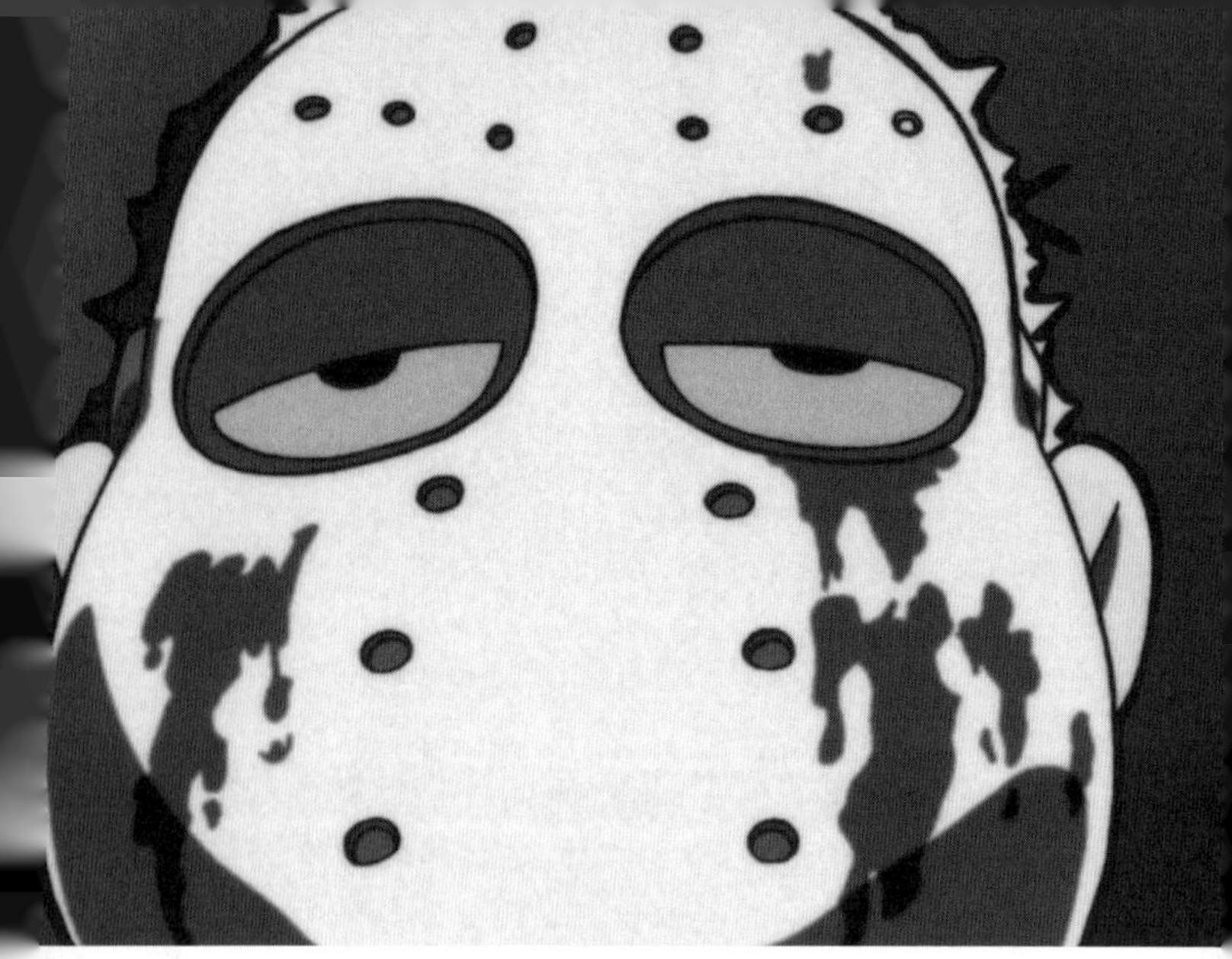

「ふあああ……なんだか眠《ねむ》くなってきちゃった」

おそ松《まつ》も部屋《へや》の隅《すみ》でごろんと横《よこ》になる。

お腹《なか》もいっぱいになり、いい気持《きも》ちだ。

まぶたがだんだん落《お》ちてくる。

「あれ……誰《だれ》だろう……」

突然《とつぜん》、おそ松《まつ》の目《め》の前《まえ》に、誰《だれ》かが立《た》ちはだかった。

それは――ホッケーマスクにエプロン姿《すがた》の怪人《かいじん》だった。

怪人《かいじん》はおそ松《まつ》になにかを覆《おお》いかぶせた。

と同時《どうじ》におそ松《まつ》はものすごい眠気《ねむけ》に襲《おそ》われ、目《め》を閉《と》じると眠《ねむ》りこけてしまった。

◆

「大変《たいへん》だ。起《お》きて！　起《お》きてください！」

身体《からだ》を揺《ゆ》すられて、おそ松《まつ》は目《め》を覚《さ》ました。

「あれ？　トド松警部補《まつけいぶほ》どうしたの？」

「見《み》て！　料理《りょうり》が……消《き》えたんだ」

おそ松《まつ》は床《ゆか》で寝《ね》ていた自分《じぶん》に、タオルケットがかけられていることに気《き》づいた。

目《め》をぱちくりさせながら起《お》き上《あ》がる。

部屋《へや》の中《なか》を見回《みまわ》すと、たしかに、料理《りょうり》がこつぜんと消《き》えていた。

「うわ！　ほんとうだ」

「まるで狐《きつね》につままれたような気分《きぶん》だ」

「やだなぁ、トド松警部補《まつけいぶほ》。狐《きつね》をつまむなんて、動物虐待《どうぶつぎゃくたい》ですよ？」

「違《ちが》うから！　つまむんじゃなくて、つままれるの！」

「つまれる？　なんで？」

「いや、なんでとか言《い》われるとわかんないけど……ともかく、だまされたみたいな気分《きぶん》ですよ」

飲《の》み食《く》いして散《ち》らかしたのも、綺麗《きれい》さっぱり片《かた》づいていた。

チョロ松警部《まつけいぶ》も、十四松鑑識官《じゅうしまつかんしきかん》も、ソファーですやすやと寝息《ねいき》を立《た》てていた。

ふたりにもタオルケットがかけられている。

「今《いま》、何時《なんじ》だろ？」

おそ松《まつ》はスマホをとりだした。時刻《じこく》は午後《ごご》五時《じ》を回《まわ》っている。

パーティー会場《かいじょう》だった部屋《へや》の扉《とびら》を開《あ》けて、廊下《ろうか》に顔《かお》を出《だ》すと、建物内《たてものない》はすっかり薄暗《うすぐら》くなっていた。

耳《みみ》を澄《す》ますと、雨音《あまおと》が聞《き》こえる。風《かぜ》も強《つよ》い。この分《ぶん》だと迎《むか》えの船《ふね》の運行《うんこう》ができるか、心配《しんぱい》だ。

「うわぁ。天気《てんき》が大荒《おおあ》れっぽいね。まだ夕方《ゆうがた》の五時《じ》だって思《おも》ってたけど、窓《まど》の外《そと》が真《ま》っ暗《くら》だよ」

突然《とつぜん》、廊下《ろうか》の奥《おく》から、**ジャララ～～ン♪**　と、ギターをかき鳴《な》らす音《おと》が響《ひび》き渡《わた》った。

「えっ!?」

おそ松《まつ》とトド松警部補《まつけいぶほ》は、顔《かお》を見合《みあ》わせた。

瞬間《しゅんかん》――

ピシャッ！　ゴロゴロゴロ……ドーンッ！

廊下《ろうか》の窓《まど》が真《ま》っ白《しろ》に染《そ》まり、雷《かみなり》が落《お》ちた。

「うわあああああああああああ！」

悲鳴《ひめい》を上《あ》げたおそ松《まつ》に、それよりも大《おお》きな悲鳴《ひめい》を上《あ》げた、トド松警部補《まつけいぶほ》が抱《だ》きついた。

「ちょ、ちょっとトド松警部補《まつけいぶほ》。くっつかないでよ」

「い、いいいいいいい今《いま》、聞《き》こえましたよね？」

「聞《き》こえたって、雷《かみなり》の音《おと》？」

「ち、違《ちが》います！　その前《まえ》！　なんか、ギターみたいな音《おと》がしてなかった？」

「みたいもなにも、まちがいなくギターの音《おと》だったけど。いったい誰《だれ》だろうね？」

「やっぱりこの屋敷《やしき》はなにかおかしい！　もしかしたら……死《し》んだカラ松氏《まつし》が化《ば》けて出《で》たのかもしれない」

トド松警部補《まつけいぶほ》は青《あお》ざめた顔《かお》で震《ふる》えると、奥歯《おくば》をカチカチと鳴《な》らした。

「あれぇ？　もしかしてトド松警部補《まつけいぶほ》って、お化《ば》けや幽霊《ゆうれい》が苦手《にがて》なの？」

「に、苦手《にがて》ってことはないよ。っていうか心霊現象《しんれいげんしょう》なんてあり得《え》ないですし」

「じゃあ調《しら》べにいきましょうよ！」

「いくってどこに？」

「カラ松氏《まつし》のところですってば」

「いやあああああああああああ！　やめましょう！　絶対《ぜったい》！　うん！　やめておきましょう調《しら》べるなんて！」

「まるで女《おんな》の子《こ》みたいだね、トド松警部補《まつけいぶほ》は。じゃあ、ここで待《ま》っててよ」

「それもいやあああああああああ！　お願《ねが》いだから一緒《いっしょ》にいてください！」

「大丈夫《だいじょうぶ》だって。チョロ松警部《まつけいぶ》に、鑑識《かんしき》の十四松《じゅうしまつ》さんもいるんだし？」

おそ松《まつ》はトド松警部補《まつけいぶほ》の腕《うで》から、するりと抜《ぬ》け出《で》た。

「ふたりとも、ぜんっぜん起《お》きないんですよ！」

「ともかく、俺《おれ》は調《しら》べにいくんで」

おそ松《まつ》が暗《くら》い廊下《ろうか》に出《で》ると、トド松警部補《まつけいぶほ》もびくびくしながら、後《うし》ろにくっついてきた。

おそ松《まつ》の上着《うわぎ》の裾《すそ》をつまむようにつかんで、震《ふる》える。

「ほんとうにいくのかい？　やめた方《ほう》がいいと思《おも》うんだけど」

「いかれたら困《こま》ることでもあるの？」

「いやないからね！　全然《ぜんぜん》ないから！　わかりました……一緒《いっしょ》にいきますよ」

トド松警部補《まつけいぶほ》の顔《かお》は、今《いま》にも泣《な》き出《だ》しそうだった。足《あし》どりも重《おも》たい。

おそ松《まつ》は壁《かべ》に照明《しょうめい》のスイッチを見《み》つけて、オンにする。

オレンジがかった落《お》ち着《つ》いた色《いろ》の明《あ》かりが、廊下《ろうか》を照《て》らした。

◆

照明《しょうめい》のスイッチを見《み》つけるたびに点灯《てんとう》させて、メインホールの階段《かいだん》を上《あ》がり二階《かい》へと向《む》かう。

「やっぱりやめない？」

「大丈夫《だいじょうぶ》大丈夫《だいじょうぶ》！　ほら、ちゃんとカラ松氏《まつし》は死《し》んでるか……あれ？」

一番奥《いちばんおく》のバスルームに踏《ふ》みこんで、照明《しょうめい》のスイッチを入《い》れたおそ松《まつ》は、目《め》をこらした。

脱衣場《だついば》に脱《ぬ》ぎ散《ち》らかされていたはずの、白《しろ》いバスローブが消《き》えている。

そして、バスタブで仰向《あおむ》けになっていた、カラ松氏《まつし》の遺体《いたい》も……ない。

「遺体《いたい》が……消《き》えた？」

バスタブの外《そと》にまで、花《はな》びらが散《ち》らばっていた。

「うわああああああああああああああああああああ!?」

トド松警部補《まつけいぶほ》が悲鳴《ひめい》を上《あ》げる。

「嫌《いや》だ嫌《いや》だ嫌《いや》だ嫌《いや》だ！　ボクは帰《かえ》る！　こんな島《しま》にいられるかッ!!」

「トド松警部補《まつけいぶほ》。この天候《てんこう》じゃ迎《むか》えの船《ふね》はこないって」

ピカッ！　ゴロゴロ……ドドーン！

再《ふた》び雷《かみなり》が落《お》ちる。今度《こんど》のは……近《ちか》い！

屋敷《やしき》の中《なか》の照明《しょうめい》がチカチカと点滅《てんめつ》したかと思《おも》うと、真《ま》っ暗《くら》になった。

「ぎゃああああああああああああああああああああああ!!」

真《ま》っ暗《くら》になった廊下《ろうか》を、トド松警部補《まつけいぶほ》は走《はし》る。

「待《ま》ってトド松警部補《まつけいぶほ》！」

おそ松《まつ》はそれを追《お》いかけた。

転《ころ》げ落《お》ちるようにメインホールに降《お》りたトド松警部補《まつけいぶほ》は、ホールの玄関《げんかん》の扉《とびら》に手《て》をかける。

ガチャガチャガチャ！

きた時《とき》はかかっていなかった、鍵《かぎ》が掛《か》けられていた。

「うわ……なんだよこれぇ!?」

ただ内鍵《うちかぎ》がかかっているだけではないのだ。

レバー式《しき》のノブに太《ふと》い鎖《くさり》が、がっちりぐるぐるに巻《ま》かれていた。これでは、押《お》しても引《ひ》いても扉《とびら》は開《ひら》かない。

南京錠《なんきんじょう》までついていて、鍵《かぎ》がなければこの鎖《くさり》を外《はず》せそうになかった。

追《お》いついたおそ松《まつ》が、トド松警部補《まつけいぶほ》に言《い》う。

「落《お》ち着《つ》いて、トド松警部補《まつけいぶほ》！」

「ボクら閉《と》じこめられたんだ！　ああもうダメだ、みんな消《け》されるんだぁ！」

「嵐《あらし》で扉《とびら》が開《ひら》かないようにしただけだって」

「そ、そっか……って、誰《だれ》がそんなことするんです!?」

ヒタ……ヒタ……ヒタ……ヒタ……

奇妙《きみょう》な音《おと》に、トド松警部補《まつけいぶほ》がブルッと震《ふる》えた。

「……なにか聞《き》こえない？」

おそ松《まつ》とトド松警部補《まつけいぶほ》が振《ふ》り返《かえ》ると、そこには――

淡《あわ》い光《ひかり》が、ぼやっと闇《やみ》に浮《う》かんでいた。

燭台《しょくだい》を手《て》に持《も》ったホッケーマスクの怪人《かいじん》が、ふたりのもとに迫《せま》る。

「ぎゃあああああああああああああああああああああ!!」

怪人《かいじん》はふたりの前《まえ》に立《た》つと、燭台《しょくだい》を振《ふ》り上《あ》げて……それをそっと床《ゆか》に置《お》いた。

玄関脇《げんかんわき》の電源《でんげん》ボックスを開《ひら》いて、落《お》ちたブレーカーを復旧《ふっきゅう》させる。

すぐに屋敷《やしき》の中《なか》の照明《しょうめい》が戻《もど》った。

メインホールも光《ひかり》に包《つつ》まれ、トド松警部補《まつけいぶほ》は目《め》を丸《まる》くする。

「…………フッ」

燭台《しょくだい》を手《て》にして蝋燭《ろうそく》の火《ひ》を吹《ふ》き消《け》すと、怪人《かいじん》はふたりに背《せ》を向《む》けた。

トド松警部補《まつけいぶほ》が指《ゆび》をさす。

「こ、こいつだ！　ボクが島《しま》を調《しら》べてる時《とき》に、こっちを見《み》てたのは！　お、おお、おい待《ま》て！」

「…………」

怪人《かいじん》はゆっくり振《ふ》り返《かえ》った。

おそ松《まつ》が笑《わら》う。

「トド松警部補《まつけいぶほ》。そんなに怖《こわ》がらなくても大丈夫《だいじょうぶ》だって。この前《まえ》の家政夫《かせいふ》さんじゃないですか？」

「ん……あれ？　あれえええ？　ほんとうだ」

トド松警部補《まつけいぶほ》の声《こえ》がひっくり返《かえ》る。

「なんだよぉ……驚《おどろ》かせないでくださいよ。っていうか、なんでここに？」

「俺《おれ》たちをもてなしてくれるためさ。パーティーの開始時間《かいしじかん》に合《あ》わせて料理《りょうり》を用意《ようい》してくれたり、眠《ねむ》りこけた俺《おれ》たちが風邪《かぜ》を引《ひ》かないよう、タオルケットをかけてくれたのも、家《か》政夫《せいふ》さんでしょ？」

怪人《かいじん》はうなずいた。

料理《りょうり》が消《き》えたのも、単《たん》に片《かた》づけてくれただけだったのだ。

「よかった……って、ちょっと待《ま》ってください。それじゃあ……消《き》えたカラ松《まつ》氏《し》の遺体《いたい》は？」

「それはきっと、十四松《じゅうしまつ》さんが教《おし》えてくれますよ」

パーティー会場《かいじょう》だった部屋《へや》から、メインホールの方《ほう》にふたつの影《かげ》が近《ちか》づいてくる。

「まったく……トド松警部補《まつけいぶほ》の悲鳴《ひめい》で目《め》が覚《さ》めてしまったよ」

チョロ松警部《まつけいぶ》が困《こま》ったように笑《わら》った。となりで十四松鑑識官《じゅうしまつかんしきかん》が、申《もう》し訳《わけ》なさそうに肩《かた》を落《お》としている。

「すみません。もう少《すこ》しぼくがちゃんと言《い》ってればよかったんですが……」

落《お》ちこんだ口振《くちぶ》りで、十四松鑑識官《じゅうしまつかんしきかん》は続《つづ》ける。

「じつは……カラ松《まつ》氏《し》は死《し》んでないんです」

「ええ!? ど、どういうことなの？」

驚《おどろ》くトド松警部補《まつけいぶほ》に、十四松鑑識官《じゅうしまつかんしきかん》は頭《あたま》を下《さ》げた。

「どうやらカラ松氏《まつし》は、バスタブの中《なか》で足《あし》をすべらせて後頭部《こうとうぶ》を強打《きょうだ》し、気絶《きぜつ》しただけみたいなんです。悲鳴《ひめい》はおそらくすべった時《とき》のものだったのでしょう。それでその……みなさんに伝《つた》えようと思《おも》ったところで、ごちそうの誘惑《ゆうわく》に負《ま》けて報告《ほうこく》が遅《おく》れてしまって……おはずかしい限《かぎ》りです」

おそ松《まつ》が笑《わら》った。

「しょうがないよ十四松《じゅうしまつ》さん。ごちそうを食《た》べない方《ほう》が失礼《しつれい》だって！」

チョロ松警部《まつけいぶ》が、腕《うで》を組《く》みつつうなずいた。

「どうやら今回《こんかい》も、事件解決《じけんかいけつ》とはいかなかったようだね、おそ松《まつ》くん。事件《じけん》なんてなにも起《お》こっていなかったのだから」

「いやーもう、まいったなぁ。言《い》わないでください、チョロ松警部《まつけいぶ》ってば。はずかしいなぁ」

おそ松《まつ》がほっぺたを赤《あか》くしたところで、二階《かい》へと続《つづ》く階段《かいだん》の踊《おど》り場《ば》に、大富豪《だいふごう》カラ松氏《まつし》が姿《すがた》をあらわした。

ジャラララ〜ン♪

バスローブ姿《すがた》でギターを抱《かか》えて、カラ松氏《まつし》が一階《いっかい》に降《お》りてくる。

「いや、招《まね》いておいて、もてなしもせずすまない。ちょっとしたトラブルがあって、少《すこ》し部屋《へや》で休《やす》ませてもらったよ。だがもう心配《しんぱい》はいらない。先《さき》ほどギターのチューニングも終《お》えたからな……お詫《わ》びに一曲《いっきょく》、演奏《えんそう》させてもらおう！」

いつの間《ま》にか嵐《あらし》はやんで、外《そと》を月明《つきあ》かりが照《て》らしていた。

「そろそろ帰《かえ》りましょうか、警部《けいぶ》？」

「そうだな。しかし、迎《むか》えの船《ふね》への連絡《れんらく》は？」

ホッケーマスクの怪人風家政夫《かいじんふうかせいふ》が、エプロンからケータイをとりだした。

それは衛星回線《えいせいかいせん》を使《つか》って通話《つうわ》できる、衛星電話《えいせいでんわ》だった。

これなら、圏外《けんがい》にはならない。

チョロ松警部《まつけいぶ》はそれを受《う》けとると、迎《むか》えの船《ふね》を出《だ》してもらうよう連絡《れんらく》をつける。

「あ、はい……そうです5人《にん》です。ええ……それじゃあよろしく。二十分《ぶん》もあればきてくれるみたいだ」

「ちょ、ちょっと待《ま》ってくれ！　今日《きょう》はもう遅《おそ》いことだし、泊《と》まっていかないか？」

「「「「…………」」」」

ホッケーマスクの怪人《かいじん》が、扉《とびら》にかけた鎖《くさり》の南京錠《なんきんじょう》を外《はず》した。

5人《にん》は外《そと》に出《で》る。

「一時《いちじ》はどうなるかと思《おも》いましたね、チョロ松警部《まつけいぶ》」

「今回《こんかい》も、なんとか切《き》り抜《ぬ》けることができたな」

「ボクはもう、生《い》きた心地《ここち》がしませんでしたよ」

「反省《はんせい》してます。ほんとうに」

十四松鑑識官《じゅうしまつかんしきかん》にチョロ松警部《まつけいぶ》が言《い》う。

「いや、話《はなし》を聞《き》かなかったこちらの責任《せきにん》でもあるんだ。そんなに落《お》ちこむことはないさ」

「あ、ありがとうございます。チョロ松警部《まつけいぶ》」

おそ松《まつ》は、まだ湿《しめ》り気《け》の残《のこ》る夜《よる》の空気《くうき》を、いっぱいに吸《す》いこんだ。

「すはー！　さあ！　帰《かえ》ろうみんな！」

怪人《かいじん》が立《た》ち止《ど》まると、屋敷《やしき》の方《ほう》を振《ふ》り返《かえ》る。

そこには目《め》に涙《なみだ》を溜《た》めたカラ松《まつ》氏《し》の姿《すがた》があった。

「頼《たの》む！　誰《だれ》か！　ひとりだけでもいいから残《のこ》ってくれ！　こんな島《しま》にひとりぼっちなんて、さびしすぎて死《し》んでしまうから！　そうだ、給料《きゅうりょう》を倍出《ばいだ》す！　明日《あした》の分《ぶん》も出《だ》すから！」

「………チッ」

「待《ま》ってくれえええええええ！」

呼《よ》び止《と》める声《こえ》を背《せ》に受《う》けて、おそ松《まつ》たちは意気《いき》揚々《ようよう》と船着《ふなつ》き場《ば》に向《む》かう。

空《そら》に高《たか》く上《あ》がった月《つき》が、５人《にん》のいくべき道《みち》を明《あか》るく照《て》らしていた。

集英社みらい文庫

おそ松《まつ》さん
～番《ばん》外《がい》編《へん》～

赤塚《あかつか》不二夫《ふじお》（『おそ松《まつ》くん』）原作
小倉《おくら》帆真《ほま》 著
おそ松《まつ》さん製作《せいさく》委員会《いいんかい》 監修

ファンレターのあて先
〒101-8050 東京都千代田区一ツ橋2-5-10 集英社みらい文庫編集部
いただいたお便りは編集部から先生におわたしいたします。

2016年7月27日 第1刷発行

発行者 鈴木晴彦
発行所 株式会社 集英社
〒101-8050 東京都千代田区一ツ橋2-5-10
電話 編集部 03-3230-6246
読者係 03-3230-6080
販売部 03-3230-6393（書店専用）
http://miraibunko.jp
装丁 +++ 野田由美子 中島由佳理
印刷 図書印刷株式会社 凸版印刷株式会社
製本 図書印刷株式会社

★この作品はフィクションです。実在の人物・団体・事件などにはいっさい関係ありません。

ISBN978-4-08-321331-1 C8293 N.D.C.913 192P 18cm

〜!!!
漫《まん》画《が》だけのオリジナルストーリー満《まん》載《さい》!!
大《だい》好《こう》評《ひょう》発《はつ》売《ばい》中《ちゅう》!!
アニメ描《か》き下《お》ろしピンナップ付き!
MARGARET COMICS YOU
シタラマサコ
原作:赤塚不二夫
監修:おそ松さん製作委員会
おそ松さん1
漫《まん》画《が》:シタラマサコ 原《げん》作《さく》:赤《あか》塚《つか》不《ふ》二《じ》夫《お》
監《かん》修《しゅう》:おそ松《まつ》さん製《せい》作《さく》委《い》員《いん》会《かい》
マーガレットコミックスYOU《ユー》(新《しん》書《しょ》判《ばん》) 定《てい》価《か》 本《ほん》体《たい》420円《えん》+税《ぜい》
©赤塚不二夫/おそ松さん製作委員会 ©シタラマサコ
(毎月《まいつき》15日発売《にちはつばい》)
月《まい》刊《つき》YOU《ユー》にて
絶《ぜっ》賛《さん》連《れん》載《さい》中《ちゅう》!!

まだまだいくよ
TV《テレビ》アニメ おそ松さん キャラクターズブック
マーガレットコミックスYOU《ユー》（新書判《しんしょばん》）
定価《ていか》 各《かく》 本体《ほんたい》510円《えん》+税《ぜい》
7月《がつ》25日《にち》(月《げつ》)発売《はつばい》!!
一冊《いっさつ》につき一松《いちまつ》を大《だい》フィーチャーしたキャラクターズブック。6つ子《ご》の全《すべ》てがわかっちゃう♥
各巻《かくかん》にシール&《アンド》TV《テレビ》アニメ描《か》き下《お》ろしピンナップ付《つ》き!
⑤十四松《じゅうしまつ》
⑥トド松《まつ》
好評発売中《こうひょうはつばいちゅう》!!
①おそ松《まつ》
②カラ松《まつ》
③チョロ松《まつ》
④一松《まつ》
©赤塚不二夫／おそ松さん製作委員会
「おそ松《まつ》さん」関連本《かんれんほん》全《すべ》て購入《こうにゅう》の方《かた》にチャンス!
“松型《まつがた》”缶《かん》バッジ6個《こ》セットを抽選《ちゅうせん》でプレゼント!!
締切《しめきり》 2016年《ねん》8月《がつ》25日《にち》(木《もく》)当日消印有効《とうじつけしいんゆうこう》
詳《くわ》しくはコミックス帯《おび》をご覧《らん》ください。

が登場《とうじょう》！
6つ子《ご》旋風《せんぷう》は、
まだまだ
ハッスル
マッスル〜!!
「後松《あとまつ》」では
一松《いちまつ》、十四松《じゅうしまつ》、
トド松《まつ》メインの
お話《はなし》も収録予定《しゅうろくよてい》！
後《あと》松《まつ》
FANTASTIC

あの
大《だい》人《にん》気《き》
TV《テレビ》アニメ
「おそ松さん」の
オリジナルノベライズ
MATU
「末《すえ》っ子《こ》おそ松《まつ》」
「劇団《げきだん》カラ松《まつ》」
「チョロ松《まつ》、深夜《しんや》の大冒険《だいぼうけん》」など
おそ松《まつ》、カラ松《まつ》、チョロ松《まつ》
メインのお話《はなし》を始《はじ》め、
全《ぜん》10話《わ》を収録《しゅうろく》！
前《まえ》松《まつ》
2016年《ねん》7月《がつ》29日《にち》(金《きん》)発売《はつばい》！
小説《しょうせつ》三津留《みつる》ゆう／石原宙《いしはらそら》
イラスト浅野直之《あさのなおゆき》
原作《げんさく》赤塚不二夫《あかつかふじお》
限定版 価格：本体 1800円＋税
通常版 価格：本体 800円＋税
限定版《げんていばん》は
TV《テレビ》アニメ描《か》き下《お》ろしイラストの
缶《かん》バッジ3個《こ》と、口絵《くちえ》シール付《つ》き！
通常版《つうじょうばん》は
限定版《げんていばん》とは“異《こと》なる”カバーデザインと、
TVアニメ描《か》き下《お》ろしイラスト口絵《くちえ》シール付《つ》き！

お知《し》らせ
ニートじゃなくてノートだからね…
ノートになった!?
ランダムでついてくるしおりは全六種類《ぜんろくしゅるい》!!
自由《じゆう》にメモができるページのほか
おそ松《まつ》のダイエット帳《ちょう》
トド松《まつ》のToDo《トゥードゥー》リストなど
6つ子《ご》の魅力《みりょく》がたっぷり詰《つ》まった一冊《さつ》!
文庫《ぶんこ》サイズで持《も》ち歩《ある》きにもピッタリ!

集《しゅう》英《えい》社《しゃ》文《ぶん》庫《こ》からの
好評《こうひょう》
発売中《はつばいちゅう》
だよ！
おそ松《まつ》さんが
この
表紙《ひょうし》が
目印《めじるし》だ！
OSOMATSUSAN
NOTEBOOK COLLECTION
おそ松さん
ノート
集英社文庫
定価 本体550円 +税

8月《がつ》26日《にち》(金《きん》)
発《はつ》売《ばい》予《よ》定《てい》ダス!!!!!

ウワサが絶《た》えない、
あの「おそ松《まつ》さん」にまつわる、
様《さま》々《ざま》な謎《なぞ》をシェー英《えい》社《しゃ》目《め》線《せん》で
徹《てっ》底《てい》的《てき》に考《こう》察《さつ》! ゆる〜く論《ろん》じます。

謎《なぞ》松《まつ》66連《れん》発《ぱつ》
赤《あか》塚《つか》区《く》マップなど
もりだくさん!

オリジナルステッカーも
ついてくるザンス!

「おそ松《まつ》さん」製《せい》作《さく》委《い》員《いん》会《かい》が監修《かんしゅう》する
唯一《ゆいいつ》の公式考察本《こうしきこうさつぼん》がついに出《で》るじょ～★

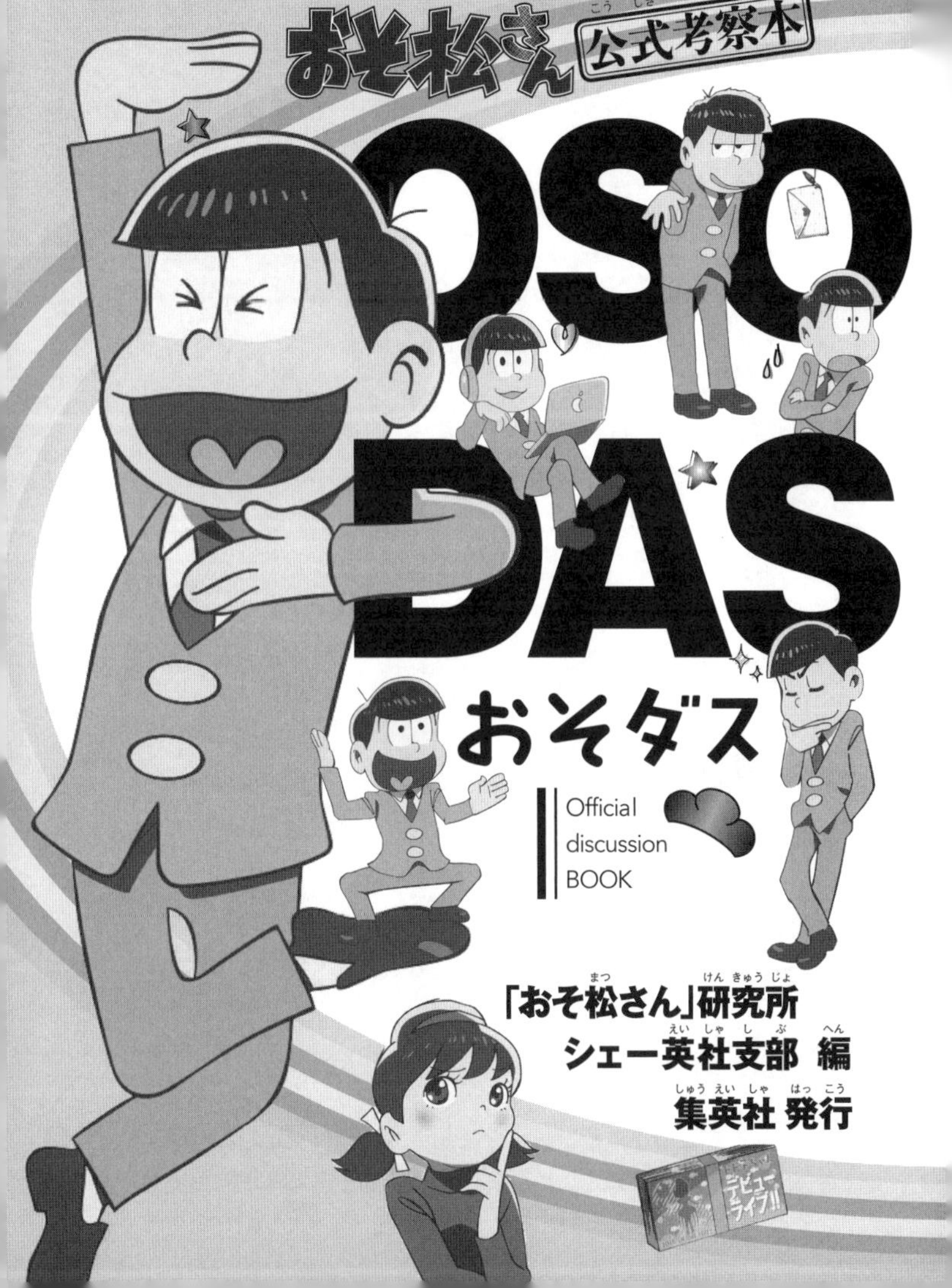

8月《がつ》26日《にち》(金《きん》)発売《はつばい》!

ミルクボランティアって知《し》っていますか?
小《ちい》さな"いのち"をめぐる物語《ものがたり》

『赤《あか》ちゃんネコのすくいかた
小《ちい》さな"いのち"を守《まも》る、
ミルクボランティア』

写真《しゃしん》・文《ぶん》 児玉小枝《こだまさえ》

アンは捨《す》てられた赤《あか》ちゃんネコ。

ミルクボランティアさんに育《そだ》てられました。全国《ぜんこく》に先《さき》がけて"ネコの殺処分《さつしょぶん》ゼロ"を実現《じつげん》した、熊本市動物愛護《くまもとしどうぶつあいご》センターにひきとられたため、"いのち"をすくわれたのです——。

感涙《かんるい》！動物《どうぶつ》ノンフィクション

写真《しゃしん》がたくさん！
フォトストーリーだよ

『“いのち”のすくいかた 捨《す》てられた子犬《こいぬ》 クウちゃんからのメッセージ』

写真《しゃしん》・文《ぶん》 児玉小枝《こだまさえ》

クウちゃんは生後《せいご》２ヶ月《かげつ》の子犬《こいぬ》。動物収容施設《どうぶつしゅうようしせつ》にいたところを、新《あら》たな飼《か》い主《ぬし》さんにすくわれることに。そのいっぽうで、捨《す》てられる命《いのち》は少《すく》なくありません。私《わたし》たちにできることとは――。

『空《そら》から見《み》ててね いのちをすくう“供血猫《きょうけつねこ》”ばた子《こ》の物語《ものがたり》』

写真《しゃしん》・文《ぶん》 はせがわまみ

ばた子《こ》ちゃんは供血猫《きょうけつねこ》。ケガや病気《びょうき》の仲間《なかま》のために血《ち》をわけてあげる仕事《しごと》をするのです。そんなばた子《こ》ちゃんを引《ひ》きとり、お空《そら》に旅立《たびだ》つまでいっしょにいた、飼《か》い主《ぬし》さんがつづった物語《ものがたり》。

人気《にんき》シリーズ「キミいつ」第《だい》2弾《だん》!!
キミと、いつか。
好きなのに、届かない“気持ち”
7月《がつ》22日《にち》(金《きん》)発売《はつばい》!!
自分《じぶん》の気持《きも》ち、
素直《すなお》につたえたいのに、
うまく言葉《ことば》にできないよ。
宮下恵茉《みやしたえま》・作《さく》
染川《そめかわ》ゆかり・絵《え》
ある日《ひ》とつぜん、人気者《にんきもの》の石崎《いしざき》くんに告白《こくはく》された、莉緒《りお》。
付《つ》き合《あ》うことにしたものの、自分《じぶん》に自信《じしん》がもてずにいた。
しかも、莉緒《りお》のことをやっかむ女子《じょし》たちもいて……。
夏休《なつやす》み直前《ちょくぜん》、2人《ふたり》の関係《かんけい》がぎくしゃくしてしまう!?
麻衣《まい》と小坂《こさか》もでてくる2巻目《かんめ》、おたのしみにね！

ラブストーリーのハッピーエンドは、
両《りょう》想《おも》いになること。
ずっと、そう思《おも》っていた。
……なのに。
ふたりでいても、何《なに》を話《はな》せばいいのかわからない。
素《す》直《なお》に気《き》持《も》ちを伝《つた》えたいのに、
言《こと》葉《ば》にうまくできなくて。
いつか、自《じ》然《ぜん》と笑《わら》い合《あ》える日《ひ》がくるのかな。
……キミと。

両《りょう》思《おも》いなのに、すれちがい!?
せつない2人《ふたり》の物《もの》語《がたり》!!

第《だい》1弾《だん》も好《こう》評《ひょう》発《はつ》売《ばい》中《ちゅう》!!

『キミと、いつか。
近《ちか》すぎて言《い》えない"好《す》き"』
片《かた》思《おも》いからはじまる、
超《ちょう》共《きょう》感《かん》♡
胸《むね》きゅんストーリー!!

田《た》中《なか》くんって何《なに》者《もの》!?

試《ため》し読《よ》み読《どく》者《しゃ》から絶《ぜっ》賛《さん》の嵐《あらし》!

- ぼくも給食《きゅうしょく》マスターになりたいです（8歳・小学生）
- 田《た》中《なか》くんのおかげで給食《きゅうしょく》が好《す》きになりました（10歳・小学生）
- この本《ほん》を読《よ》んで牛乳《ぎゅうにゅう》が飲《の》めるようになりました（11歳・小学生）
- この本《ほん》、めっちゃオモロい!（12歳・中学生）
- 田《た》中《なか》くんカワイイ〜♥（14歳・中学生）
- 「牛乳《ぎゅうにゅう》カンパイ係《がかり》」の仕事《しごと》ぶり、勉強《べんきょう》になります（会社員・25歳）
- 料理《りょうり》男子《だんし》な田中《たなか》くんと結婚《けっこん》した〜い（OL・29歳）
- ウチの子《こ》の食《た》べ物《もの》の好《す》き嫌《きら》いがなくなりました（主婦・43歳）
- 田《た》中《なか》くんを読《よ》んで勇気《ゆうき》がでました。就職《しゅうしょく》します（無職・34歳）
- 文部科学省《もんぶかがくしょう》の大臣《だいじん》に推薦《すいせん》したい本《ほん》ですね（59歳・会社役員）

あらすじ

御石井小学校《おいしいしょうがっこう》5年《ねん》1組《くみ》の**転校生《てんこうせい》・鈴木《すずき》ミノル**は
牛乳《ぎゅうにゅう》が苦手《にがて》で給食《きゅうしょく》が大《だい》きらい!
しかし、同《おな》じクラスの**「牛乳《ぎゅうにゅう》カンパイ係《がかり》」田中《たなか》くん**と出会《であ》い、
とんでもない給食《きゅうしょく》タイムを目《ま》の当《あ》たりにして……!!
読《よ》めば読《よ》むほどおいしくなる**デリシャス学園給食《がくえんきゅうしょく》コメディ♪**

「みらい文庫《ぶんこ》」読者《どくしゃ》のみなさんへ

言葉《ことば》を学《まな》ぶ、感性《かんせい》を磨《みが》く、創造力《そうぞうりょく》を育《はぐく》む……、読書《どくしょ》は「人間力《にんげんりょく》」を高《たか》めるために欠《か》かせません。たった一枚《いちまい》のページをめくる向《む》こう側《がわ》に、未知《みち》の世界《せかい》、ドキドキのみらいが無限《むげん》に広《ひろ》がっている。これこそが「本《ほん》」だけが持《も》っているパワーです。

学校《がっこう》の朝《あさ》の読書《どくしょ》に、休《やす》み時間《じかん》に、放課後《ほうかご》に……。いつでも、どこでも、すぐに続《つづ》きを読《よ》みたくなるような、魅力《みりょく》に溢《あふ》れる本《ほん》をたくさん揃《そろ》えていきたい。読書《どくしょ》がくれる、心《こころ》がきらきらしたり胸《むね》がきゅんとする瞬間《しゅんかん》を体験《たいけん》してほしい、楽《たの》しんでほしい。みらいの日本《にほん》、そして世界《せかい》を担《にな》うみなさんが、やがて大人《おとな》になった時《とき》、「読書《どくしょ》の魅力《みりょく》を初《はじ》めて知《し》った本《ほん》」「自分《じぶん》のおこづかいで初《はじ》めて買《か》った一冊《いっさつ》」と思《おも》い出《だ》してくれるような作品《さくひん》を一所懸命《いっしょけんめい》、大切《たいせつ》に創《つく》っていきたい。

そんないっぱいの想《おも》いを込《こ》めながら、作家《さっか》の先生方《せんせいがた》と一緒《いっしょ》に、私《わたし》たちは素敵《すてき》な本作《ほんづく》りを続《つづ》けていきます。「みらい文庫《ぶんこ》」は、無限《むげん》の宇宙《うちゅう》に浮《う》かぶ星《ほし》のように、夢《ゆめ》をたたえ輝《かがや》きながら、次々《つぎつぎ》と新《あたら》しく生《う》まれ続《つづ》けます。

本《ほん》を持《も》つ、その手《て》の中《なか》に、ドキドキするみらい――。

本《ほん》の宇宙《うちゅう》から、自分《じぶん》だけの健《すこ》やかな空想力《くうそうりょく》を育《そだ》て、〝みらいの星《ほし》〟をたくさん見《み》つけてください。

そして、大切《たいせつ》なこと、大切《たいせつ》な人《ひと》をきちんと守《まも》る、強《つよ》くて、やさしい大人《おとな》になってくれることを心《こころ》から願《ねが》っています。

2011年《ねん》　春《はる》

集英社《しゅうえいしゃ》みらい文庫《ぶんこ》編集部《へんしゅうぶ》